Галина Вдовиченко

36 і 6 котів-детективів

НАМАЛЮВАЛА
НАТАЛКА ГАЙДА

ЛЬВІВ
ВИДАВНИЦТВО СТАРОГО ЛЕВА
2024

ВСТУП

– Привіт! Ми знову в ефірі, і з вами я, Коментатор-Чорний кіт. Ми раді вітати вас у помешканні пані Крепової та її племінника Стаса. У тій самій квартирі на першому поверсі, де одного дощового вечора знайшли собі прихисток тридцять шість великих і шість маленьких котів! Нині тут відбувається щось геть несподіване...

Кіт зупинився на мить і повів далі:

– Зараз про все дізнаєтесь. А моя інтуїція підказує, що починається нова котяча історія. Відчуваю це від кінчиків вусів до хвоста. Присягаюся своїм коментаторським язиком! Щоб я загавкав, якщо це не так. Ми на порозі пригод, згадаєте мої слова!

Чорний кіт виголошував свою бурхливу промову, стискаючи в лапі пластмасовий мікрофон, що підозріло нагадував сітчасті бігуді пані Крепової – на них вона крутить своє

волосся, щоб бути гарною. Ніхто в кімнаті не звертав уваги на базікання Коментатора, але це його аніскільки не бентежило. Він почувався так, наче на нього скеровано телекамери і світло софітів, немовби він був у прямому ефірі популярного телешоу, і сотні тисяч глядачів дослухалися до його слів. Кіт торохкотів, не замовкаючи.

Тимчасом у кімнаті й справді відбувалося щось доволі дивне.

Шість котячих гуртів завзято дряпали кігтями шість дерев'яних дощок, схожих на кухонні стільнички пані Крепової. На таких вона зазвичай розкачувала з тіста свої знамениті булочки.

За цим дійством спостерігав зі свого крісла Стас. Сидів, склавши руки на грудях, зусібіч обліплений кошенятами. Малюки почувалися пречудово: Клаповух, Жабка-Сиволапка, Яків, Безжурний Кіт Гарольд Перший, Безжурний Кіт Гарольд Другий і найменший Круть, той, що з різними очима – жовтим і блакитним. Раз по раз, немов за командою, кошенята підводились і мінялися місцями. Щасливчик підлазив під Стасову долоню, заплющував очі й отримував свою порцію почухувань за вушком. Одначе Стасову увагу було прикуто до дорослих котів.

Підвальні коти дряпали найбільшу дошку. Хавчики мали свою. Кольорові – свою. І коти-танцюристи. І коти з сусідньої брами. Навіть жоржинки затягли до себе на підвіконня плаский шматок дерева.

Що ж тут відбувалося?

Підвальні коти – так принаймні видавалося – бавилися у гру «Заграймо, браття, на бандурі». Ось завзято береться

до діла Кутузов, одноокий облізлий котяра-смугастик. Кільканадцять разів проводить по дереву розчепіреними кігтями, видобуваючи скреготливі звуки – й відходить убік, поправивши пов'язку на одному оці й підморгуючи другим.

А ось і чубастик Голота: струсонувши кульчиком у дірявому вусі, щосили шарпає по дереву пазурами й переможно скидає вгору кулак. Майстер! Брати-забіяки Хук і Джеб беруться грати на дошці в чотири лапи. Не припиняючи своєї одвічної штовханини, копаються задніми лапами. Породиста Баронеса, лиса кішка-сфінкс, улюблениця пані Крепової, неспішно наближається до інструмента. Озирається й, зібравши зморшки на чолі, просить їй допомогти. Хлопці ставлять дошку на ребро, підтримують вертикально, а Баронеса сідає як арфістка і грає, немов на арфі. Артистично торкається обох боків дошки самими кінчиками доглянутих кігтиків, залишаючи на поверхні ледь помітні рисочки. Розважливий Бубуляк стоїть поруч і, похитуючи головою, бурмоче: бу-бу-бу-бу-бу...

7

Коти-хавчики. А ось і вони. Схилилися над своєю дошкою, звівши голови докупи. Шість потилиць, шість спин, п'ять хвостів. Стривайте, а де ж шостий хвіст?.. Ага, ясно. Сордель не має хвоста! Вгодований безхвостик, схожий на сардельку, помітно погладшав останнім часом. Його опасисту спинку не сплутаєш із жодною іншою. Надто з тією, що світить ребрами й хребтом. Це Хавчик, повсякчас голодний Хавчик. Апетит у нього – будь здоров, він їсть за трьох, але як був худючим, так і залишився, незважаючи на регулярне віднедавна, збалансоване й повноцінне харчування. Дякувати милосердній пані Креповій!

Хто тут іще? Плямки Ковбасюка. Довгі вуса Шпондермена. Ля Сосис… Шкуряк… Увесь гурт хавчиків у зборі. Щось наче риють там, де дошка. Чи з неї їдять? Нічого ж до ладу не роздивишся за їхніми спинами!

Кольорові коти сновигають туди-сюди повз прихилену до стіни дошку. Один дряпне, другий шкрябне, третій поскородить. Сірий, Білий-Альбінос, Рудий... А Коментатор-Чорний кіт? Де він? Працює язиком. Походжає від одного гурту до іншого, не припиняючи базікати. Репортаж із місця події – ось його робота.

Жоржинки де? На острові Сардинія. Ні, не на тому, що в Італії, а на тому, що в кімнаті на вікні – вони своє підвіконня так називають. Сар-ди-нія! Дуже смачна назва. Коли її чують чи вимовляють, усі восьмеро аж облизуються маленькими рожевими язичками: Іветта, Лізетта, Мюзетта, Жанетта, Жоржетта, Кларетта... І Колетта з Марієттою. Відкрили на Сардинії манікюрно-педикюрний кабінет, котячий салон краси, і дошка їм за пилочку для кігтиків править.

Танцюристи? Ось вони. У них професійні змагання в розпалі. Дошка на підлозі – це танцпол. Сольні виступи! Хтось один посередині, решта навкруж – притупують, похитуються в такт. Брейкер виписує брейк на самісіньких кігтях. Степко вибиває лапками степ. Вертун закручує свої знамениті дзиґи на спині. Дряпне – і перекинеться на спину, дряпне – і на спину, наче шліфує ушкрябини. Робокоп посмикується, мов зламана іграшка, а пазурі працюють: шурх-шурх. Пушинка навшпиньки виробляє балетні па. Хвостуля-гімнастка вправляється, наче в танці зі стрічкою, зі своїм довгим хвостом. Лунає кігтяно-пазуряна музика: дряп-дряп, стук-стук, шурх-шурх... Дрюк-стяп-шрук!

Там, де коти із сусідньої брами, стоїть галас. Мурчик муркає, Нявчик нявкає, Сплюх мурнявкає. Бровчик, задерши догори морду, точить кігті об дошку. Виписує бровами кумедні хвилі. Він таке ними виробляє, розвираючись навсібіч, що всі за животи хапаються.

Вразливий Беркиць ось-ось беркицьнеться додолу від надміру емоцій, але тримається, біднятко, терпить, шкода йому пропустити таку особливу атракцію. Навіть Чистюх не відволікається, не чиститься й не вилизується. Готується прийняти естафету від Бровчика. Зараз його черга дошку дряпати.

Що вони всі роблять? Навіщо?

– Я все поясню! – втручається Коментатор-Чорний кіт. – Я ж недарма тут стою. Дайте сказати!

Перекладає з лапи в лапу мікрофон та ступає вперед.

– Не перемикайтеся, будьте з нами! З вами Коментатор-Чорний кіт, і зараз ситуація стане зрозуміла, як кружальце вареної ковбаски на вашій тарілці. Отже, слухайте...

РОЗДІЛ 1

Неймовірно важливу роль у житті може мати звичайна оказія. Одного вечора тридцять шість і шість котів випадково потрапили до помешкання пані Крепової та її племінника Стаса. Могли ж опинитися в іншому місці – і тоді хтозна, як склалася б доля величенького хвостатого гурту. Одначе – подяка випадку! – опинилися саме там, де треба. Доля війнула хвостом – і вчорашні невдахи вже мають дах над головою, прихильність господарів і роботу в кав'ярні, що називається «36 і 6 котів». Танцюристами працюють.

І от Стас приніс додому дошку, шматок звичайної липової дошки. Притулив її до стіни, гукнув котів: «Свої пазурі, шановні, точіть ось тут! Саме тут і ніде більше, чули мене? Не чіпайте, бовдури, меблів! Бо повикидаю за двері одного за одним усіх дряпунів!..»

Стривайте. Стас не міг таке сказати. Не така він людина, щоб виганяти котів. А сказав він насправді приблизно таке: «...бо пані Крепова не потерпить, щоби хтось псував домашній інтер'єр».

За кілька годин дошку вздовж і впоперек розписали глибокими подряпинами сорок дві пари – тобто вісімдесят чотири загалом! – передніх лапок. Дошку можна було викидати на смітник.

Стас підхопив її і рушив до кухні, але біля сміттєвого відра зупинився. Поглянув на колективну роботу ще раз, притулив до стіни – замислився. Наблизився до неї. Коти – за ним. Відійшов на кілька кроків, мало не наступивши на Голоту з Кутузовим... Присів, примружився, не відводячи погляду від творіння. Коти теж поприсідали, принюхуючись: що там таке? Що він побачив?

– Де у нас морилка? – Стас ляснув себе по колінах і рішуче підвівся. Пані Крепова стояла у дверях, витираючи руки об фартух.

– Морилка? – перепитала вона. – Коричнева така рідина? Для фарбування деревини? Он там, у шухляді.

Узяв Стас пляшечку морилки, губку для миття посуду і – раз-два-три – покрив поверхню дошки. Сам вимастився, проте задоволено гмикнув: тепер бачите?

І тут коти побачили... Заглибини дерева проступили в усій красі, виявивши кожну рисочку, кожен штрих.

– Картина! – ахнула Пушинка.

– Справді картина, – погодилася Хвостуля й намалювала хвостом у повітрі хвилі.

Кутузов примружився:

– Мені це кажеться, чи тільки так здається... Море, карочі. Ніч, шторм... – і почухав свої смужки.

– Та яке там море! – трохи відступив Хавчик. – Ви звідси погляньте. Хто ж мистецтво впритул роздивляється? Звіддаля киньте оком – одразу зрозумієте: це поверхня шоколадного торта.

З глазур'ю. Це торт, кажу вам. Смачнезний шоколадний торт. Вигадали: море! – й ковтнув слинку.

– Ото й зроби собі поверхню торта, – відрубав Кутузов. – А це море.

– Морський пейзаж! – підтвердила Пушинка.

Отак усе й почалося.

З картини, яку назвали «Мо-ре хвилюється – раз». Це Яків наполіг, щоб її якось назвали, бо картина без назви – як кіт без імені.

Наступного дня Стас роз-дав хвостатим художникам кілька основ для майбут-ніх картин. А свою любу ті-тоньку намовив зустрітися з товаришками, погуляти з ними в парку, розважити-ся на гойдалках-каруселях, поїсти морозива – відпочи-ти, одне слово. Вихідний усе ж таки!

Створив котам ідеальні умови.

– Творіть! – змахнув рукою. – Працюйте розкуто й натхнен-но. Ваш дряпопис стане прикрасою нашої кав'ярні.

Коти нашорошили вуха.

– Дряпо... як?

– Дряпо... що?

– Мринь-бринь! Як ти нашу дряпню назвав?

– Який такий дряпопис?

– Бу-бу-бу-бу-бу...

– Шото я ніч не поняв. Що воно таке, га?

Стас підніс руки вгору, закликаючи до тиші.

– Оце ж воно і є! – показав на «Море хвилюється – раз». – Картина, що утворилася від котячих пазурів. Від шкрябання, подряпування, чухання, виточування кігтів об дерево. Одне слово – дря-по-пис. Абстракція на дереві. Наївне котяче мистецтво.

– Ну не знаю, – засумнівався Шпондермен. – Я на наївному мистецтві не дуже розуміюся. Я краще знаюся в класиці. Живопис там, акварель... Натюрморти... Шиночки, бекони, сальцесони...

– Ги-ги, намальовані? – уточнив Ковбасюк. – Ніц із того не буде! Що то за бекони-сальцесони, якщо їх не можна їсти? Вигадають таке!

Попри певні суперечки єдина кімната у помешканні пані Крепової все ж таки перетворилася на майстерню дряпопису. Господиня розважалася з подружками в парку, а коти-дряпуни працювали, не покладаючи лап. Часу вони мали – до вечора, до повернення пані Крепової. Встигнути б іще й поприбирати після себе. Пані Крепова безладу не любить.

І от що цікаво: матеріал і кігті в усіх однакові, проте в кожної творчої групи виходило щось своє, особливе.

За кілька годин повітря в майстерні лиш ледь-ледь пахло морилкою, бо кімнату провітрили, поприбирали за собою. А готові картини виставили на розстелених під стіною газетах. Морський пейзаж і ще шість дощечок від кожної групи митців. Окрім малюків.

Пані Крепова відчинила двері, наспівуючи пісеньку. Зняла капелюшок, скинула туфлі й сказала:

– «Витка троянда пані Крепової»! Це ви добре придумали. Покажіть-но, покажіть...

Усім аж заціпило. Звідки господиня дізналася про картини? Як довідалася, що підвальні коти годину тому закінчили свій твір і ще півгодини сперечалися, як його назвати. Зупинилися на «Витка троянда пані Крепової». Малюнок ліній нагадував краєвид із вікна пані Крепової: перетинки драбинки, увитої пагонами троянди. Цим шляхом коти щораз виходили надвір за потреби. Голота з Кутузовим добряче позмагалися щодо варіантів назв, пропонуючи навипередки «Шлях до котячої вбиральні», «Хто крайній?», «Пропустіть мене без черги»... Однак перемогла пропозиція Баронеси.

Як пані Крепова взнала про щойно завершену картину?

– Хто про в'ючку розпатякав? – смикнув себе за кульчик Голота.

– Це я, – відказала Баронеса. – Я виставила фото нашої картини в інтернеті. З підписом. І вже зібрала понад сотню лайків.

– А я побачила, – пані Крепова піднесла вгору свою мобілку, мовляв, отут на екрані й побачила. – У трамваї, коли додому поверталася.

Відколи Баронеса опанувала комп'ютер та отримала від господині мобілку в подарунок, вона стала активною користувачкою соцмереж. Навіть мала свою персональну сторінку! Виставляла в інтернеті різні світлини. Котячі селфі на балконі й у ванній. Фото друзів. Тарілки зі сніданками та вечерями. Булочки пані Крепової. А чого ж! Лисій кішці все дозволено. Її ніколи не сварили за те, що вона торкається лапками клавіатури. «Баронеса акуратна, – казала пані Крепова, – вона шкоди не зробить».

– Ви вже їли? Чим це пахне? І що тут роблять мої бігуді? – пані Крепова зупинила погляд на Коментаторові з мікрофоном у лапці й насупила брови.

Ото звичка! Ставити по кілька запитань одразу! На яке відповідати? На перше? На останнє?

РОЗДІЛ 2

Баронеса приймала повітряні ванни за віконною шибою. Ранковий вітерець обдував її безволосе рожеве тільце, від чого по шкірі бігли брижі. Кішка ліниво перевалялася на підвіконні з животика на спинку, з боку на бік і мружилася на сонечко крізь чорні окуляри. Сьогодні вона має бути особливо ефектною. З легкою засмагою. Увечері в кав'ярні «36 і 6 котів» відкривається виставка котячого дряпопису.

Баронесине фото картини збурило необияку цікавість в інтернеті – Стасові телефонували, запитували, де можна побачити решту робіт, коли відкриття виставки і чи буде фуршет. Коли ж урешті-решт подзвонили з телебачення і запитали

адресу, Стас із усією котячою компанією вирішили: чом би й справді не зробити експозицію у кав'ярні? Нехай люди подивляться на котячий дряпопис. З горнятками кави та чаю в руках. «І з булочками», – докинула пані Крепова.

Коментатор-Чорний кіт, почувши про телебачення, так розхвилювався, що заходився репетирувати перед дзеркалом. Досі з ним такого не траплялося. Він завжди імпровізував, говорив без жодної підготовки. Нащо йому репетиція?

Вирішили так: після обіду Стас заїде додому, забере котів і картини. Подальша програма: невеличкий танцювальний виступ на кав'ярняній терасі, а потім відкриття виставки і прес-конференція. Котам як авторам підготуватися відповідати на запитання відвідувачів та журналістів.

Поки всі збиралися та чепурилися, Баронеса ще трошки позасмагала на сонечку. Нарешті вирішила: годі. І через прочинену кватирку повернулася до кухні.

– Що це? – зустріла її Хвостуля, показуючи на лису кішку кінчиком хвоста.

– Це окуляри... – відповіла Баронеса, елегантним порухом знімаючи їх з носа.

Її вмить оточили схвильовані кішечки-жоржинки.

– Що з тобою, Баронесо?

– А що таке?

– Ти згоріла!

– Ти червона!

– Ти перегазо... перезаго-рала!

Баронеса випростала перед себе лапку, потім другу. Озирнулася на третю, четверту... І мерщій до дзеркала. Звідти на

неї дивилася зморщена мордочка з відстовбурченими багряними вухами. Навколо очей залишилися блідо-рожеві кола від окулярів – два острівки непопеченого тільця. А решта, тобто вся її шкіра, незахищена, ніжна й безволоса, від кінчиків вух до кінчика хвоста набула бурячкового забарвлення. Баронесу обдало жаром.

– Рятуйте, – промуркотіла вона. – Пече...

Хвостуля вже бігла до неї з пакетом холодної сметани.

– Де найдужче пече? Покажи.

– Спина пече. А особливо вуха. І живіт, а найбільше лапки і потилиця. Щоки й підборіддя палають вогнем! І чоло. Скрізь пече. Горю, дівчата!

Добре мати справжніх друзів. Мить – і Баронеса вже лежала на постеленому для неї паперовому пакеті з гриль-бару.

Просто на написі «Найсмачніша курочка-гриль у місті». А дів-чата-жоржинки під орудою енергійної Хвостулі обмащували її сметаною з холодильника.

Тим часом Коментатор-Чорний кіт не припиняв свого ре-портажу.

– За моєю спиною ви бачите активне пересування котів у передпокої! Триває підготовка до важливої події! Що? Який огірок?

Про огірок його запитала Хвостуля:

– Коментаторе, що це у тебе в лапах? Огірок?

– Який огірок? Це мікрофон, – Коментаторові не сподоба-лося, що його перебивають.

– Дай-но сюди, будь ласка. Огірки – найкращий засіб від опіків. Бачиш, що з Баронесою коїться? Чи тобі шкода?

Ні, Коментаторові було не шкода. Він знав, де в кухні ко-шик із овочами. Наче фокусник, він вихопив іще один огі-рок, а Жанетта з Жоржеттою вже краяли тоненькі скибочки для постраждалої від сонця. Свіжий запах наповнював усю кухню.

– Лисі коти бояться огірків, – попередила Лізетта.

– Дурниці! – осмикнула її Марієтта. – Чуєш, Баронесо, що про лисих теревенять?

– О-о-о, – простогнала Баронеса, – я теж таке чула. Пліт-ки, забобони і наклеп! Сметаною, огірками, чим завгодно – рятуйте, дівчата! Пече!

Коментатор ковзнув поглядом по кішці в сметані, обкладе-ній скибочками огірка. Співчутливо зронив:

– Без коментарів...

І попростував до передпокою, примовляючи в зелений мікрофон:

– Отже! Ще трохи – і ми вирушимо до кав'ярні, де нині… ув-вага!.. відкривається виставка котячого дряпопису! Ви побачите, на що здатні котячі лапи і котяча фантазія. І з вами буду я, Коментатор-Чорний кіт і вся наша творча група, всі тридцять шість і шість котів! За підтримки Стаса та пані Крепової!

– Гей, обережно!

– Годі базікати!

– Ну-бо, посунься! Неможливо працювати!

Завжди знайдеться той, хто заважатиме.

Довелося Коментаторові сховати мікрофон й узятися за інше – допомагати Голоті з Кутузовим волочити найбільшу дошку, запаковану в захисну плівку. Біля дверей до стінки вже тулилися три менші картини. Поруч із нотатником у лапах стояв Бубуляк, замислено чухаючи собі олівцем за вухом.

– Бу-бу-бу-бу-бу… – поставив на папері галочку. – Третя. Скільки там іще? Гей, малі, скільки картин у кімнаті залишилося? Га?

Навіть блокнот приставив до вуха, щоб краще чути:

— Скільки картин залишилося в кімнаті, питаю?

Із дверей випхалася мордочка Клаповуха.

— Цей-во, — розгублено мовив він, — на кожного по картині, крім мене та Якова.

— Не поняв, — скинув брови Кутузов.

Малюки зупинилися на порозі, перезирнулися й заходилися пояснювати:

— Якби ми стали навпроти картин...

— ...що залишилися в кімнаті...

— ...то кожному малюкові...

— ...дісталося б по одній...

— ...крім Клаповуха...

— ...та Якова!

— То скільки їх там? — усміхнувся Бубуляк.

— Сплавді клуто було б знати, — відповів Круть.

— Угу, — підтвердив Клаповух, тріпнувши вухами.

Решта малюків навіть не ворухнулися.

— Ви що, не вмієте лічити? — здогадався нарешті Бубуляк.

— А як би ми навчилися? Коли? — озвався Яків.

— Клуто було б навчитися, — підтвердив Круть. — Хоч залаз.

Бубуляк почухався олівцем і перепитав:

— Зараз?

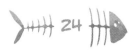

– Не гаючи й хвилини, – підтвердив Круть.

Бубуляків олівець вказав на подряпані дошки у коридорі:

– Погляньте, малюки, тут три картини, так? Це ж просто. Отже в кімнаті – чотири. Так?

Малюки мовчали. Очі Крутя – жовте й блакитне – зійшлися на переніссі, він наче намагався побачити підказку на кінчику носа. Бубуляк обвів поглядом дорослих котів й ошелешено виголосив:

– Неподобство, браття! Наймолодші з нашого товариства не вміють рахувати. Отже, перерва! Голото, швиденько навчи малюків лічбі. Раз-два!

– Прошу дуже, – одразу озвався Голота. – Раз, два, три, чотири, п'ять, вийшов Яків погулять!

– Ні, я тут, – пирхнув Яків. – Нікуди я не виходив. Поки що.

– Голото, хто так вчить? – дорікнув Голоті Бубуляк й озирнувся, шукаючи кращу кандидатуру. – Може, ти, Кутузове?

– А що я? Я сьоні не в формі. Та й взагалі... Я не вчитель математики, якшо шо.

– Бу-бу-бу-бу-бу... То хто ж візьметься?

Не було кому. Хавчики та кольорові несли з кімнати картини у передпокій, пакували, тулили до стіни. Всі мали роботу. Лише Шпондермен байдикував.

– Гаразд, – погодився він. – Спробую. Вчити дітей треба легко й ненав'язливо. Головне – терпіння. Це основна риса справжнього вчителя. Дивіться, малюки, – почав він. – Ти будеш раз. Ти – два. Ти – три. Стань сюди, малий, – чотири. Ти – п'ять, стій тут. Ти – шість. Зрозуміли? Отже! На перший-шостий розрахуйсь!

Малюки плутались, але терплячий Шпондермен спокійним голосом виправляв їх. Демонстрував педагогічний хист, що досі його ніхто не помічав.

– Отже, вас шестеро. Маємо шість картин. Плюс одна спільна – буде сім. Второпали? Все дуже просто. То скільки у нас загалом картин? Хто знає правильну відповідь?

– Сім плюс одна, – відповів Клаповух.

Шпондермен похитав головою, мовляв, а от і ні, лагідно поглянув на Крутя.

– А ти що скажеш?

– Сім. І ще одна, – відповів той.

– Так, – мовив Шпондермен. – Так-так. Які ще варіанти? Жабко-Сиволапко?

– Сім...

– Молодець!

– ...плюс одна.

– Ні, – у голосі Шпондермена завібрували дратівливі нотки, але він спохопився і повторив врівноважено:

– Ні, дорогі малюки. Не так. От зараз нам Безжурний Кіт Гарольд Перший дасть правильну відповідь! Скільки, Безжурний Коте наш Гарольде Перший... скільки у нас загалом картин? Добре подумай.

– Сім плюс одна, – відповів малий.

– Безжурний Кіт Гарольд Другий! – рявкнув Шпондермен.

– Я! Сім плюс одна, Шпондермене!

– Так... Спокійно... – Шпондермен узявся за свої рекордсменські вуса, накрутив їх на лапи. – Спокійно... Ф-фу... Я спокійний...

Де Яків? Якове, я знаю, ти тямущий кіт! Подумай і дай відповідь. Не поспішай.

– А скільки буде сім плюс одна? – запитав Яків.

– Вісім, – крижаним тоном відповів Шпондермен й відпустив вуса на волю. Вони загрозливо відстовбурчилися на два боки.

– Тоді вісім, – кивнув Яків. – Точно кажу вам. Нема чого сумніватися. Вісім.

– Але чому?!! – гарикнув Шпондермен, втративши над собою контроль. На його лемент, покинувши справи, позбігалася решта котів.

– Ви мене цей-во-во! – валував він. – Рознервували мене! Вельми дістали! Чому вісім? Коли має бути сім! Чому вісім?

– Тому що ми теж картину надряпали, – відповіли малюки. – Ви – сім, із тією морською разом, і ми одну. Сім плюс одна. Буде вісім. Правильно?

І малюки принесли маленьку дощечку. Її поверхню чи то прикрашали, чи то псували кілька подряпин.

– Гаразд, вісім, – погодився Шпондермен, переводячи дух. – Але хіба ж це картина... На повноцінну роботу ця заготовка аж ніяк не тягне.

– А мені подобається!

Стас прийшов. З порогу похвалив малюків, а потім покликав усіх: «Готові? Автомобіль під вікнами чекає». І повторив:

– Мені подобається. Проста кошеняча графіка. Нічого зайвого. Люблю мінімалізм.

З-поза Стасової спини почулося хихотіння. Це пані Крепова повернулася з крамниці, цукрову пудру для своїх булочок принесла.

– Я помітила! – засміялася вона. – Помітила, що ти, Стасе, полюбляєш мінімалізм.

Вона навіть руки розкинула: он скільки в нас котів! Чи, бува, не замало?

– А де Баронеса? – роззирнулась у пошуках своєї улюблениці. – Чому не зустрічає? І що тут робить пакет з-під сметани? Хто витяг сметану з холодильника?

– Так, дві хвилини на збори! – урвав балачки Стас. – На присипання булочок пудрою, прибирання порожніх пакетів та решту фінальних акордів. Пора їхати. Найменшу картину теж беремо з собою.

Малюки кинулися обійматися: Стас бере їхній дряпопис на виставку! Про це можна було тільки мріяти.

РОЗДІЛ 3

Олесь забивав цвяхи в стіну, Стас розвішував картини. Коти гукали знизу: лівий кут вище! Правіше! Мринь-бринь, не той, протилежний! Тойвово! Лівіше! Мур-няв!

Заважали, одне слово.

Коли ж нарешті все було готово, то навіть скептично налаштований Шпондермен мусив визнати: оце так експозиція! Ну ж бо, гості, не зволікайте! І гості не змусили на себе чекати. Йшли і йшли. Багатьом кортіло подивитися, що там коти понадряпували.

Перша частина вечора розпочалася з танцю жоржинок, на цьому й закінчилася. Головне нині – не танці.

Телевізійники спізнилися. Коментатор-Чорний кіт, угледівши їх, одразу опинився перед телекамерою: експозицію дряпопису можна вважати відкритою! Слово надається куратору виставки, постачальнику матеріалів і натхненникові дряпописців – Стасові. Хлопець сказав кілька слів про «Море хвилюється – раз» і передав слово кішечкам-жоржинкам.

Ті скромно тулилися до стіни під своєю картиною.

– Це «Жоржинка», така квітка, – промурмотіла котрась із них, здається, Мюзетта, а може, Жанетта.

Й усі засоромилися. В жоржинок усе називалося однаково – і танець, і картина. Салон краси – і той «Жоржинка». Лише підвіконня – острів Сардинія.

Кольорові пояснили, чому їхня картина «Просто натюрморт».

– Що ви тут бачите?

Тележурналіст схилив голову набік:

– Капусту. Або гарбуз.

– Тому й кажемо: «Просто натюрморт». Кожен бачить що хоче…

Підвальні хвалилися своїм творінням – «Виткою трояндою пані Крепової». Пані Крепова стояла біля картини, тримаючи на згині ліктя лису кішку, оповиту легкою білою тканиною. Баронеса в темних окулярах мала дуже стильний вигляд, перед телекамерою трималася, наче кінозірка на морському узбережжі.

Танцюристи представили публіці свою картину «Ча-ча-ча». Ще й спробували провести маленький танцювальний майстер-клас.

Коти з сусідньої брами презентували «Сон Котопса». Якусь абстракцію, щось справді моторошне й малозрозуміле.

Хавчики, крадькома позираючи на стіл із наїдками, квапливо пояснили, чому їхня картина має назву «Шоколадний торт». І запросили присутніх без зволікань перейти до третьої частини свята. Мистецтво мистецтвом, а їсти ж хочеться.

– Стривайте, а ця картина? – запитала дівчина з зеленими очима і короткою русявою косою. Її тут бачили вперше. Вона ніколи не приходила до кав'яреньки «36 і 6 котів».

Дівчину зацікавила робота кошенят. Стас поспішив відповісти на запитання, і поки всі пригощалися канапками та булочками, не відходив від нової знайомої. Вони сміялися.

– Сподіваюся, не з нашого дряпопису, – промурмотів Ковбасюк. Він пас очима Стаса, поглинаючи канапку за канапкою.

Телевізійники згорнули свою апаратуру – пора повертатися на телеканал, щоб встигнути поставити сюжет у вечірній випуск новин. Стас вийшов їх провести, а дівчина й далі походжала експозицією, уважно роздивляючись картини.

Щось пухнасте торкнулося до її ноги.

– Привіт, малюче, – незнайомка присіла й всміхнулася до Якова. – Як тебе звати? Хоча, не кажи. Я сама здогадаюсь.

На малого дивилися видовжені зелені очі.

– Першу букву підкажи.

– Я... – прошепотів Яків.

– Ярополк? – одразу відгукнулася дівчина. – Хоча ні. Не Ярополк. І не Ярко... Може, Ясик? Ясик – так мій дідусь називав маленьку подушку. Ні, ти не Ясик. Тоді хто?

– А як тебе звуть? – набрався хоробрості малюк.

– Лариса.

– А як твоє прізвище? Як називається твоя вулиця? Як ти сюди дісталася? – сипонуло кошеня запитаннями.

– Все ясно, малий, – усміхнулась дівчина з зеленими очима. – Ти Яків?

Той аж рота роззявив із подиву. Як вона здогадалася?

Вдома коти заходилися обговорювати незнайомку.

– Як на мене, вона доволі симпатична...

– А як на мене, зовсім ні. Вона не їсть ковбаси, уявляєте? – Ковбасюкове обурення не мало меж.

– Як так, не їсть ковбаси?

– А отак. Сам чув, як вона сказала Стасові: дякую, я не їм ковбаси.

– Вона зі Стасом теревенила?

– Ще й як! Усі бачили, а ти не бачив? Ще й хихотіла! «Хі-хі-хі, дякую, я не їм ковбаси!»

– Так не буває.

– Чому не буває?

– Хіба можна не любити ковбаси?

– Виходить, можна.

– Скажи ще, що вона і шпондера не їсть, – долучився до обговорення Шпондермен.

– Не можу нікого обвинувачувати безпідставно, але підоз-
рюю, що саме так. Ви ж бачили – всі частувалися, а вона хо-
дила біля картин зі склянкою соку. Його, до речі, їй Стас при-
ніс.

– А шиночки-бекони-сальцесони?

– Що «шиночки-бекони-сальцесони»?

– Думаєш, вона їх теж не їсть?

– Впевнений, що не їсть.

– Що в ній тоді симпатичного?

– А мені вона сподобалася, – спробував захистити Ларису
маленький Яків. – Вона здогадалася, як мене звуть, уявляєте?

– Ти й повірив, наївний? Та їй Стас сказав. Точно. Це він її
попередив. Ви ж бачили, як вони довго розмовляли біля на-
ших картин? Мабуть, він про нас розповідав.

– Вона сама здогадалася, – вже не надто впевнено мовив
Яків. – Хай там як, а вона симпатична.

– А я б таким не довіряв, – наполягав Ковбасюк. – Не люби-
ти ковбаси! Це дуже підозріло! І знаєте що? Вона мене погла-
дила по голові. І ось вам результат. Я чухаюсь і чхаю. У мене
на неї алергія!

– Що ти вигадуєш! – не витримала Пушинка. – Це у лю-
дей буває алергія на котів, а щоб у котів на людей... Такого не
може бути!

– Може! Кажу вам, у мене алергія на людину! Погляньте, як
очі сльозяться! З носа капає. Дайте серветку!

Коти б іще довго теревенили, якби не пані Крепова. Вона
рішуче попрямувала до них на балкон і проникливим голосом

запитала, кому тут не спиться, ще й принагідно повідомила, що в неї теж починається нежить, і чи це, бува, не алергія. На котячу, скажімо, шерсть.

Одразу запала мертва тиша.

А вранці... Ще малюки не прокинулися, ще жоржинки не зробили свого ранкового комплексу вправ, ще пані Крепова не випила горнятка кави – а у випуску новин уже повідомили про нічну пожежу в місті. Вогонь знищив кав'ярню «36 і 6 котів», ту саму, що здобула популярність завдяки котам, які танцюють на відкритій веранді.

РОЗДІЛ 4

Ніхто вже не сподівався побачити кав'яреньку. Жоржин-
ки плакали, Беркиць був майже непритомний, Кутузов лаяв-
ся на всі заставки. Уява кожного малювала купку попелу там,
де вчора була кав'ярня.

Автомобіль Стаса повернув за ріг, усі припали носами до
віконного скла і голосно відітхнули: уф-ф! Ось вона, рідне́нь-
ка, на своєму місці! Не дуже й ушкоджена. Жоржинки знову
пустили сльозу, тепер від розчулення.

Всередині усе мало значно гірший вигляд. Вогонь зіпсував
одну стіну, третину підлоги й частину стелі та даху. Але все
можна було полагодити. Пощастило, що вночі хтось помітив
вогонь і вчасно викликав пожежників.

Стас із Олесем завзято обговорювали причину замикання в електропроводці. Ет! Доведеться тепер закриватися на ремонт.

– А як?.. Чи то, що?.. Тобто, де наші картини? – роззирнувся Яків. – Де наш дряпопис?

А й справді. Всі забули, що відучора на цій стіні висіли вісім картин. Мали б залишитися, бодай обгорілі. Але ж не вісім голих цвяхів! Куди поділися картини?

– Мабуть, пожежники зняли й кудись закинули, – вирішив Стас.

Запитань було більше, ніж відповідей. Одне зрозуміло: треба братися за ремонт. І триватиме він не менше двох тижнів, а може, й більше. Тому коти поки що вільні, перезирнувшись, вирішили господарі. Тобто – у вимушеній неоплачуваній відпустці. Прохання поставитися до цього з розумінням. Ідіть собі, танцюристи, відпочивайте і не заважайте. Не плутайтеся під ногами.

Коти вийшли на відкриту веранду, повсідалися під розлогою вербою та й замислилися.

– Бу-бу-бу-бу-бу, – першим озвався Бубуляк. – Щось тут не те. Я думаю, це підпал.

Коти нашорошили вуха:

– Підпал?

– Підпал і викрадення, – розвинув думку Бубуляк. – Картини викрали, приміщення підпалили. Злодії були певні, що вогонь знищить сліди злочину. Але з сусіднього будинку побачили вогонь, викликали пожежників і зруйнували плани викрадачів. У результаті пошкоджено лише частину кав'ярні.

– Та ну! – Кутузов розв'язав вузол пов'язки, що затуляла вибите око, тріпнув хустинкою, згорнув і знову зав'язав вузлом на потилиці. – От тільки чесно: кому потрібен наш дряпопис?

– Може, ми шедеври створили, хтозна, – нявкнула одна з жоржинок, здається Лізетта. – Автор ніколи не знає, на що спромігся.

– Ах, астафьтє! – відмахнувся Кутузов. – Облиште, кажу. Не в цьому річ.

Гаразд, припустимо, це викрадення, міркували коти. Хто міг вкрасти картини? Та хто завгодно. Відвідувачів було повно.

– Або ця, як її?.. Лариса! – висунув свою версію Ковбасюк. – Ходила, розглядала картини. Нуль уваги на канапки з ковбасою. Це дуже підозріло.

– Шерше ля фам, – зітхнув Ля Сосис. – Що французькою означає: шукайте жінку.

– Та хто її тепер знайде! – ще сильніше розхвилювався Ковбасюк. – Будь-хто з учорашніх присутніх міг бути викрадачем. Навіть телевізійники.

– І не тільки з присутніх, – озвався нарешті Коментатор-Чорний кіт. – Сюжет показали по телевізору. Все місто знає про наші дощечки. Але навіщо красти подряпані шматки дерева?

І коти влаштували мозковий штурм: кожен висував першу-ліпшу версію, що спадала на думку.

– Для масажу ніг.

– Чому ніг? Може, лап?

– Може, й лап.

– Та ну!

– Для прання. Вжик-вжик, дуже зручно.

– Навіщо?

– Віщо!

– Дурня! Не вигадуйте. Так уже ніхто не пере. Всі мають пралки.

– Може, для лікування спини.

– Як це?

– Ліг на дошки, випростався, ніс догори й терпиш.

– Нізащо!

– Защо!

– То лягай на будь-що тверде подерте і терпи.

– А може, для краси.

– Для чо-го-о?

– Для краси. А що?

– Мринь-бринь із того всього!

Урешті-решт усі замовкли.

– То що робимо, Бубуляче?

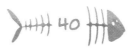

Як завжди в особливих випадках – а це був саме такий випадок – усі погляди зійшлися на найрозважливішому і найдосвідченішому.

Бубуляк замислено почухав підбориддя:

– Бу-бу-бу-бу-бу... Я тут трохи по-мізкував і ось що скажу. Діло темне. Детективна історія. Без розслідування не обійтися. Робимо так. Для початку розходимося районом, збираємо інформацію. Важлива будь-яка дрібниця. Хто? Що? Де? Коли? Все може знадобитися. Потім знову збираємося на веранді – й обмінюємося тим, хто що нариє. Відтак вирішуємо, що робити далі.

Відсутність новин – теж, кажуть, новина. Отже, новин не було. До вечора не знайшли жодної зачіпки. Ніхто нічого не бачив і не чув: жодної підозрілої особи, жодної чужої автівки. Нічого.

– Гаразд, – погодився Бубуляк. – Маємо дві версії. Перша: зловмисники зламали замок,

картини забрали, під стіною розпалили вогонь, щоб замести сліди... Друга версія: зловмисники зламали замок, розклали вогнище під стіною з поки що невідомою нам метою, а наші картини використали замість дров.

Жоржинки образилися.

– Наша картина – не дрова! – дорікнула, здається, Мюзетта. – І «Море хвилюється – раз» теж не дрова.

Хук і Джеб спробували заспокоїти їх:

– Ми ще надряпаємо!

І навіть станцювали кумедний танець. Степ удвох, виконують брати-степісти. Раніше дівчата сміялись би, спостерігаючи за ними, а тепер заледве всміхнулися. Нема з чого радіти.

Раптом із-під тіні розлогої верби видибали двоє. Один із них Бровчик, другий... пес.

– Знайомтеся, – Бровчик пропустив поперед себе кудлатого незнайомця з бровами, схожими на дві товсті гусениці. – Це мій друг.

– Моє шанування! – друг ступив крок уперед і зупинився.

– Полундра! – реготнув Кутузов і почухався смугастою спиною об одвірок. – До нас пес прибився.

Малюки сховалися за спинами в старших. Коти напружились, у декого шерсть стала дибки, проте ніхто не рушив з місця.

– Як друга звати? – поцікавився Бубуляк.

– Як тебе звати? – Бровчик схилився до пса, обійнявши його лапою.

– Бровко, – відповів той, підвівши одну брову.

– Ти диви! Бровко? Бровчику, наш гість сказав: Бровко?

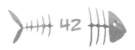

– Авжеж. Я – Бровчик, він – Бровко, між нами багато спільного. Ми ж друзі.

Коти й далі мовчали. Хтозна, що за пес. А ну як із тих, які котів ганяють? Собаки ж, вони такі, вороже налаштовані. Не знати, чого від них чекати. Он і хвіст у нього ходить ходором. Кіт б'є хвостом, коли незадоволений, а цей метляє наче й дружелюбно. Все в них не так, усе навпаки.

Бровастий пес не мав наміру затримуватися.

– То я пішов! – привітно помахав хвостом. – Маю купу роботи. Бувайте!

Коти провели його поглядами.

– Купу роботи він має! – повторив Хавчик. – І їжі, мабуть, завалися. А ми безробітні. Ще й тимчасово притульні.

– Тимчасово притомні? – перепитав малий Яків, виходячи з-за спини Бубуляка.

– Тимчасово притульні, – виразно повторив Хавчик. – Є коти безпритульні, є домашні, а ми тимчасово притульні. Не завтра, то післязавтра нам скажуть: а може, досить? Забули, що ви вуличні коти? І бувай-прощавай сите життя, де завжди є сніданок-обід-вечеря. А як пощастить, то і підобід із підвечірком. І нікому, нікому в усьому білому світі не спаде на думку запитання: а може, ці коти голодні?

Під вечір до кав'ярні приїхала велосипедом Лариса, та сама дівчина з зеленими очима та короткою косою. Та, що до картин приглядалася. Коти аж роти роззявили з подиву. Вона ж підозрювана, ця Лариса! Чого припхалася на місце злочину?

Дівчина щойно дізналася про пожежу. На велосипед – і ось вона тут, уже робить якісь розрахунки на папері

для Стаса з Олесем, говорить малозрозумілі речі про ремонт і матеріали, а хлопці її слухають, ствердно хитають головами, з усім погоджуються. Знайшли дизайнера, довірливі. Не було б пожежі – не було б і потреби робити ремонт! Подумали б краще, хто цю пожежу міг організувати.

Увесь вечір Стас від Лариси не відходив, схилявся над її записами, сипав запитаннями. Забув про все на світі. Навіть про вечерю. Нарешті схаменувся:

– Гайда в машину, пора додому! Гайда, гайда!

Усі й побігли до автомобіля, обганяючи одне одного. Бо в декого вже виникли підозри, що ніхто їх нині назад не повезе.

А в салоні – оце так сюрприз! – Лариса. Праворуч від водія, у пасажирському кріслі. Стас запросив дівчину на чай. Із булочками. А її велосипед завбачливо затягнув до кав'ярні.

Довелося котам мовчки напихатися на заднє сидіння, незадоволено перезираючись.

– Чого було її з собою брати? – стиха буркотів Ковбасюк, підстрибуючи разом з усіма на бруківці. – І так місця в машині кіт наплакав. Напхалися як ті кільки в бляшанку. Сподіваюся, ця Лариса не претендуватиме на нашу жилплощу. Хіба нам погано своєю тісною компанією? Тридцять шість дорослих котів, шість маленьких, Стас, пані Крепова. Куди ще цю Ларису?

– Цить, – штурхнув його в бік Голота, повівши очима в бік людей. – Почують...

Але Стас із Ларисою ні на кого не звертали уваги. Стас розповідав кумедні історії про свій велосипед, Лариса сміялася, а потім відповідала: а от у мене була пригода...

Коти почувалися геть зайвими.

РОЗДІЛ 5

Побачивши гостю, пані Крепова навіть витягла з шафки святкові горнятка. Метушилася, тішилася, що булочки з маком їй вдалися нині пречудові. За кілька хвилин згадала, що почався улюблений телесеріал, і племінник із гостею залишилися пити чай без неї.

Коти вже повечеряли, але не поспішали розходитися. Повільно вилизували свої посудинки. Намагалися затриматися, бо Стас видавався трохи розгубленим. Що як йому потрібна буде допомога, а коти не знатимуть? Ні, варто бути в нього під рукою, чи пак під ногою. Про всяк випадок.

Аж тут дзвінок у двері: сусідка навідалася. Та сама, що їй колись Яків надзюрив у капець.

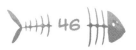

Що ж це робиться! Якийсь день відчинених дверей! Прохідний двір, а не квартира.

Коти мерщій схвалися хто куди, щоб не виникло зайвих розмов. Лише Ковбасюк залишився, він своє кружальце ковбаски не встиг пережувати. А сусідка відразу до кухні.

– Ой, – каже, – так чаєм ароматним пахне, що навіть забула, по що прийшла. І булочки з маком у вас нині! Мені від цих пахощів аж у носі крутить! А ви хто, Стасова подруга?

Стас зашарівся. Лариса кивнула: так і є, Стасова подруга.

– Вам коти не заважають? – сусідка підсіла до столу й отримала від пані Крепової, яка змушена була відірватися від телевізора, велике горня липового чаю.

– Тут їх знаєте скільки? – жінка до Лариси. – Більше трьох! Можливо, навіть п'ятеро.

Тоді зиркнула на Ковбасюка:

– Ця киця у плямках – вона ще нічого. Ще сяк-так, може бути. А решта – геть ніякі. Особливо один малий...

– Це кіт, а не киця, – виправила її пані Крепова.

– Триколірна? – іронічно посміхнулась сусідка. – Це вона, а не він. Триколірних котів не буває. Тільки кішки!

І покликала Ковбасюка нудотно-солодким голосом: «Киць-киць, кицюню! Ходь сюди, ходь!..»

Ковбасюк мало не вдавився.

– Ви до мене? – спромігся видушити зі себе.

Забувши про конспірацію, до кухні почали підтягуватися коти. Що-що? Ковбасюк – кішка? Як так?

– Та скільки ж тут котів?! – булка в сусідчиній руці застигла на півшляху до рота. – Всі ваші?!

А котам байдуже до її запитань. Вони шоковані тим, що почули. Першою отямилася Хвостуля. Наблизилася до заскоченого підозрами Ковбасюка, заторохкотіла аж занадто жваво:

– Та навіть якби й так! Навіть якби й кішка, а не кіт. Що такого! Я колись знала одну Мурку, то вона свого часу була кошеням Амуром, а потім з'ясувалося, що вона дівчинка. Амур став Амуркою. Муркою по-простому. Таке буває.

– Не мели дурниць! Це не про мене. Я кіт! – обірвав її Ковбасюк.

– Яка вона вередлива ця ваша, як її... Ковбасючка? – сусідка пережувала шматок булочки, ковтнула чаю. – Йдино до мене, плямиста!

Ковбасюк вигнув спину дугою, хвіст угору і як засичить: руки геть! Не наближатися! Я кіт! Яка ще Ковбасючка!!! Ковбасючку з мене зробити надумали? Ніц із того не вийде!

І Хвостуля не вступається. Не відходить від товариша, намагається його заспокоїти.

– Хоч би хто ти був, ми тебе від того менше любити не будемо!

Ковбасюк спопелив її поглядом. Повів очима

по кімнаті: стоїть товариство, всі здивовані, роти пороззявляли, до Ковбасюка приглядаються. І це друзі? Геть звідси! Далі від них! Почули наклеп – й одразу повірили?

А спробуй-но вийти, коли до тебе приступає Іветта. Кремова шерстка, шоколадні плямки.

– А що тобі, Ковбасюче, – шипить, – образливо почуватися дівчинкою?

А за нею й Лізетта, тільки шоколадні плямки не там, де в сестри:

– Це принизливо для тебе? – допитується.

І Мюзетта з Жанеттою тут як тут, дивляться з докором, і Жоржетта з Клареттою, і Колетта з Маріеттою. Оточили Ковбасюка – суцільний крем із шоколадом. Ходять довкола, плямками мигтять. А Ковбасюк уже криком кричить.

– Нічого мені не образливо! І не принизливо! Але я кіт! Я кіт, а не кішка! Затямте собі! Де тут вихід?

Забув Ковбасюк через те все, де тут двері надвір – направо чи наліво. Стрес дістав. І погляд якийсь пришелепуватий. Ось що буває через надмір емоцій.

– Цитьте всі! – гукнув урешті Кутузов. – Охолонь, пацику! – це вже до Ковбасюка персонально.

І Голота намагається щось доречне докинути, якось підтримати Ковбасюка, а в нього виходить лише:

– Мринь-бринь! От же ж, мринь-бринь!

– Мурр! – збирається хтось із думками. – Няя-ав!!!

Геть усі розгубилися. Галас здійнявся – на всю кухню.

Аж тут прийшла підтримка, що Ковбасюк на неї не міг і сподіватися.

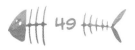

– Бувають і триколірні коти, – мовила Лариса, посьорбую-
чи чай. – Це така сама рідкість, як коти-альбіноси. У вас тут,
бачу, самі котячі унікуми зібралися.

– Так і є! – зрадів Білий-Альбінос. – Я теж плутаю, де ліво,
де право!

– Ти диви! – стримав Ковбасюк його бурхливу радість. –
Легше. Ніц я не плутаю, я приголомшений несправедливістю.

– Звідки ви знаєте? – не повірила сусідка, позираючи на
Ларису, й потягнулася по чергову булочку. – Про триколірних
котів звідки вам відомо? Можна мені ще чаю?

Лариса наповнила горнятко й відповіла:

– Мені дідусь розповідав. Я у дитинстві мріяла, що коли ви-
росту, лікуватиму тварин. Читала книжки про тварин. Тому

про котів знаю чимало. Наприклад, твердження «триколірних котів не існує», правдиве лише наполовину. Вони народжуються дуже рідко, – Лариса вказала на Ковбасюка. – Тут річ у генетиці, у певному наборі хромосом, у сюрпризах природи. Триколірний кіт – це виняток із генетичного правила. В хорошому сенсі – помилка природи.

Сусідка мало що з того всього зрозуміла, але її переконали мудрі слова: генетика, хромосоми. Вона знову поглянула на Ковбасюка, знизала плечима і взяла ще одну булочку.

Ковбасюк висякався у паперову серветку. Очі в нього підозріло зблиснули вологою.

– То що, виходить, я унікум? – запитав він у Лариси.

– Так і є, – підтвердила вона. – Рідкісна рідкість.

Кіт мовчки вклонився і вийшов у передпокій. Повернув до кімнати, а потім на балкон. Згадав, очевидно, де право, де ліво. Передумав іти світ за очі.

Не сподівалися коти від Стаса такої впертості. Коли, провівши гостю, він повернувся й почув котячу пропозицію шукати викрадачів, то лише розреготався.

– Ваші картини, – пояснив, – справді оригінальні. Ніхто не сперечається. Але навряд чи комусь спало б на думку їх викрадати. В кав'ярні сталося коротке замикання, а відтак пожежа. Пожежники зняли картини зі стіни і в тій метушні кудись їх запхали. І, до речі, замок ніхто не ламав. Ми своїм ключем двері відімкнули. Які ж тут грабіжники? Знайдуться ваші творіння, не переживайте! Спіть.

Він вимкнув світло і, бадьоро мугикаючи, пішов до ванної.

Дискусія тривала у темряві. Що ж! Самі шукатимуть пропажу. Ще й не такі проблеми залагоджували. Головне – не сидіти склавши лапки. Якщо картини викрали, то вони десь є. Хтось їх переховує. Тільки б за кордон не вивезли!

Треба пройтися по сусідах. Навпроти кав'ярні – перукарня. Почати слід із неї.

– Жоржинки, ваш об'єкт, – розійшовся Бубуляк. – Скажете, що цікавитеся педикюром. Обмін досвідом і все таке. А ще через дорогу, трохи навскоси – бачили? – вивіска «Ветлікар». Кабінет унизу, помешкання нагорі. Хто піде до ветлікаря?.. Ти, Кутузове?

– А що я скажу? Чого припхався?

– Приходиш до лікаря, кажеш, що маєш проблему. Ну не знаю, блохи там, глисти.

– Які ще глисти?!

– Придумай щось.

– То що сказати?

– Що ти, наприклад, кореспондент, працюєш у газеті «Лапи і хвости». Фотокореспондент. Чи котокореспондент. Що тебе лист покликав у дорогу...

– Глист покликав у дорогу?

– Лист! Хоча… Тобі видніше. Можна й глист, чом би ні. А там, ніби між іншим, запитаєш: а що це тут днями сталося навпроти? Кажуть, підпал? Ну й пішла розмова… Те-се. Тільки ти, цей-во. Викупайся перед тим, зачешися.

– Так, годі! Подібних натяків не терпітиму. Он нехай Баронеса піде. Вона чиста.

– Я не можу, я попеклася на сонці.

– От-от! Нічого й вигадувати не треба. Привід є.

– Бу-бу-бу-бу-бу, а ще таке запитання: на що ми житимемо? Чим зароблятимемо на харчі? Пані Крепова і Стас тепер теж без роботи. Не сидіти ж у них на шиї, поки ремонт.

– А що? Підемо в підземний перехід танцювати. Сьогодні одні, завтра інші. По черзі. Поки всі шукатимуть картини, якась група працюватиме в переході.

– А що, нормальна пропозиція. Це хто запропонував? Я щось у темряві не второпав.

– Ковбасюк.

– Ковбасюче! Помилка ти наша природи! – реготнув Кутузов. – У хорошому, звісно, сенсі.

– Рідкісна рідкість, бовдуре! – виправив його Ковбасюк.

– Тихо! Стас із ванної повертається. Стуліть пельки!

Наче хтось вимкнув звук – запала тиша, яку порушувало лише безжурне похропування Сплюха. Згорнувся в куточку балкона ще на початку розмови й уже десятий сон додивлявся.

РОЗДІЛ 6

Дощ періщив несамовито. Валив стіною. На порожніх вулицях – жодного перехожого. Ніхто не спускався в підземний перехід, окрім якогось бідолаги, що збіг сходами, струсив парасолю й роззирнувся. На принишклу Хвостулю скоса поглянув, провів очима по Степкові та Пушинці, затримався на Брейкері та Вертунові. Кивнув до Робокопа, бо ніколи не бачив кота в окулярах, іще й обмотаних ізоляційною стрічкою. Кіт теж кивнув у відповідь. Звідки перехожому було знати, що це не звичайні вуличні коти, а що сховалися тут від негоди талановиті коти-танцюристи? Погнав собі чоловік далі.

Які там виступи, які заробітки за відсутності публіки... Повернулися танцюристи ні з чим, сумні та пригнічені.

– Хай тепер Сірий іде в підземний перехід.

– Чому я? – Сірий саме збирався поспати, вже навіть скрутився бубликом. Не дадуть відпочити. – Чому я? Танцюрист із мене такий собі, середнього рівня, відверто кажучи.

– Але ж ти вмієш складати реп. Хто ж не знає твого: «Ти-ти-ти, титити-тити! Ми всі ВУ-ми-ЛИЧНІ коти!» Хто це придумав? Хто автор? Хто виконавець?

– Ну так то ж реп, – Сірий підвівся й струсив зі себе залишки сну. – Гаразд. Спробую в переході заробити на життя улюбленою справою.

Підхопив капелюх, насунув його до носа. Порожню бляшанку з-під печива – під пахву. Гайда з дому. А надворі вже випогоджується, вулиці оживають. У підземному переході всі біжать, поспішають, ніхто ні на кого уваги не звертає. Як їх зупинити? Але ж спробувати можна. Кіт капелюх – на землю, вдарив лапкою в порожню скриньку, наче в барабан.

– Увага, шановні! (пам-м!) Я – Сірий кіт, і я вас потішу однією зі своїх реп-історій (пам-м!), що в ній кожне слово починається на одну й ту саму літеру (па-бам-м!). Якщо вам сподобається – то ось мій капелюх, і ви допоможете тридцяти шістьом та шістьом котам і ще двом добрим людям перебути період перебудови помешкання.

– Гей, котисько! – біля Сірого зупинився якийсь дядько. – То ти вмієш складати оповідки, де всі слова починаються з однієї й тієї ж букви?

– Авжеж, можу. З якої бажаєте?

– Та ти ж уже почав. «*Перебути період перебудови помешкання...*» Всі слова на «П». Давай далі.

Кіт пирхнув, ударив лапкою в бляшанку: па-бам-м!

Язик його запрацював у ритмі репу:

– *Полежати... Поспати... Потім поїсти. Попити, порегота-ти. Почати після паузи продуктивніше працювати* (па-бам-м!)

Зачувши котячий речитатив, люди зупинялися. Всміхалися й перезиралися. Сірий ще більше входив у раж. На нього зійшло натхнення. Говорив безугаву, допомагаючи собі ритмічними ударами в бляшанку:

– *Принести Пушинці пуанти, пригадавши правила поведінки. Потім поприбирати. Повиводити плями, пропилососити, повитрушувати простирадла, покривала, піжами. Просушити подушки. Порох постирати повсюди, підлити пеларгонію, почистити пуфик. Піти прикупити повний пакунок: пачку пшона, паляницю, півкіло північної підмороженої путасу. Повернувшись, посмажити, протушкувати. Помити посуд. Прийняти привітання, передати подарунки: печені пряники, пухкі пампухи, пиріжки... Приємно! Погуляти пустищем, постукуючи по порожньому пластмасовому пуделку, полюбуватися пурханням прямокрилих, побачити пташку, послухати поїзд, помилуватися пейзажем. Поезія!*

Зібрався натовп, люди плескали в долоні, підбадьорювали артиста. Він від того геть пустився берега.

– *Пукнути. Пардон! Пульнути. Пульнути патичок подалі – папороть проковтне. Погризти пісочне печиво.*

Люди сміялися й підходили з гривнями до капелюха. Сірий невтомно працював.

– *Пустити папугу під парасольку: привіт, патякало! Привіт, пустомелько! Покепкували... Передвечір. Повертатися пора. Поквапившись, переплигнув паркан. Патруль! Підкарауили. Полундра! Позбавляють прав. Порушник? Побійтеся, панове. Пощо покарання? Приватне пустище? Покажіть папір! Поважна публіко підземного переходу, прошу підтримки! Практика покаже, почому пісня!*

Коли стихли овації, Сірий витрусив зібрані купюри в бляшану скриньку, вклонився, надів капелюх – тільки його й бачили. Нісся вітром, лап під собою не чуючи – боявся, що наздоженуть, гроші відберуть, ще й натовчуть писок.

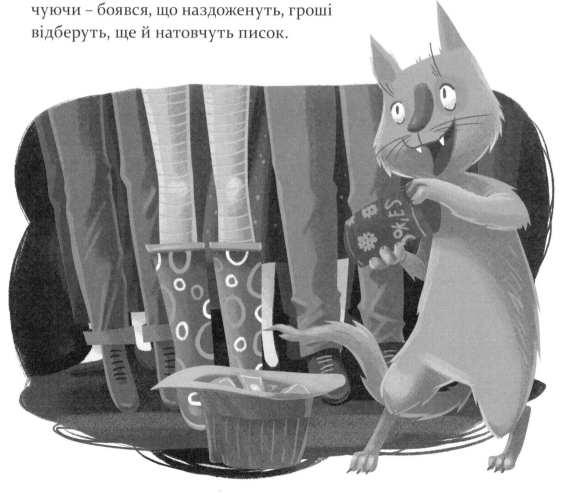

РОЗДІЛ 7

Двері перукарні прочинилися. Їх із вулиці притримав чоловік, пропускаючи всередину лису кішку. Вона граціозно переступила поріг, озирнулася й ледь помітно вдячно кивнула.

Чоловік іще кілька секунд розгублено стояв у дверях. Потім дістав із кишені хустинку, обтер спітнілу шию й чоло.

— Доброго дня! — мовив перукаркам. — До побачення!

Й зачинив двері.

— Ви до нас? — усміхнулася до кішки молоденька перукарка. — На стрижку?

— Дуже дотепно, — відповіла лиса кішка. — Найкращий жарт тижня. Я в салон татуювання.

— Сюди-сюди! — обізвався хлопчина, виходячи з-за скляної перегородки. Обидві руки вкриті татуюваннями від зап'ясть до плечей. — Прошу сюди.

Він аніскільки не здивувався, наче чекав на кішку-сфінкса. А може, просто вмів опанувати себе за нестандартної ситуації. Жоден м'яз не ворухнувся на його обличчі.

— Яке бажаєте тату? На якій частині тіла?

— Покажіть сперш зразки, — відвідувачка застрибнула в крісло. — Що ви можете запропонувати?

— О! — спохопився хлопець. — Пропозицій безліч. Прошу подивитися.

Поки гортали буклет, поки перебирали варіанти й обговорювали деталі, Баронеса принагідно розпитала, що нового в районі, що чувати про пожежу в кав'ярні навпроти.

— Ви ж звідти, — зауважив хлопчина. — Вам краще знати. Я часом бачу у вікно, як ви всі танцюєте на веранді.

— А ви чому до нас на відкриття виставки не прийшли?

— Мав того вечора складну роботу. Засидівся з клієнтом допізна. Бачив лише кота на нижній грубій гілці старої верби.

Баронеса зібрала шкіру на чолі брижами.

— Кота?

— Кота, — підтвердив хлопець.

— Це хтось із наших! — махнула Баронеса лапкою. Але вушка стояли сторч.

– Ні, не з ваших. Чужий. Ви вже на той час закінчили, завантажились і поїхали. А цей залишився.

– Породистий?

– Мабуть, якась рідкісна порода. Морда така, – хлопець скривився. – Страшненький котяра. За хвилину я знову глянув у вікно, а його вже не було.

– Мені оцей малюнок до вподоби, – Баронеса тицьнула лапкою у буклет. – Що ви скажете про крила?

– Чудовий вибір, – погодився майстер.

– Маленькі, – додала Баронеса.

– На рівні лопаток, – підтримав майстер. – З ними почуватиметеся справжнім сфінксом. Крилатим левом.

– Я й без крил сфінкс, – відповіла Баронеса. – Порода така, чули? Кішка-сфінкс. Щодо крил треба подумати, з друзями порадитися. Почекати, поки засмага зійде, я тут трошки попеклася на сонці, як бачите...

– Так, – погодився хлопчина, – тату річ серйозна, легковажити не варто. Зробиш – і на все життя. Тут добре поміркувати треба.

Клієнтка мовчки хитнула головою, вона була такої ж думки.

А тим часом Кутузов із Голотою були на прийомі у ветлікаря.

– Слухаю вас! – лікар зсунув окуляри на кінчик носа, переводячи погляд із одного кота на другого. Дивні такі коти – без господарів, в одного вухо діряве, в дірці кульчик, в другого пов'язка на оці. – Хто з вас пацієнт?

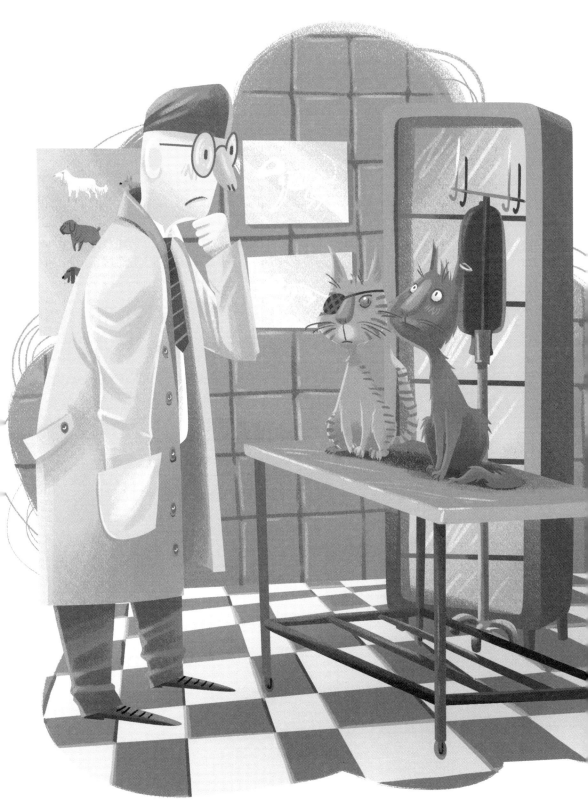

– Він!

Коти одночасно показали один на одного.

– Обидва? – запитав лікар. – Добре. Хто перший?

– Річ у тім, – узявся пояснювати Кутузов, – що в мого друга болить живіт. Другий день така туфта. Чи могли б ви його оглянути?

Й відвернувся, щоб не зустрітися з Голотою поглядами.

– Що ж, – лікар підвівся, підійшов до раковини й намилив руки. – Прошу на кушетку. Можливо, достатньо зробити клізму. Лягайте.

Підставив долоні під струмінь води, потім струсив краплі й узявся за рушник:

– Де болить, в якому місці?

– Стривайте, – зупинив його Голота, – у мого друга теж проблема, його слід оглянути першим.

– Очінь зря! – кахикнув Кутузов.

Голота пропустив репліку повз вуха.

– Подивіться, будь ласка, що у нього з зубами, – вів він далі. – Я можу почекати, а він – ні. Всеньку ніч стогнав: болить! Болить! Ведіть мене, благав, чимшвидше до лікаря! Несила терпіти!

Лікар стенув плечима і взяв до рук металеві інструменти, що, лише глянувши на них, Кутузов затулив собі лапою рота.

– Не нада! – глухо промурмотів він. – Уночі часом таке причується, що о-йой! А сьоні вже все супер. Усьо чотко. Я вже й забув, що то воно було.

– І все ж дозвольте я подивлюся, – лагідно мовив лікар й наблизився. В його руках холодно поблискували інструменти.

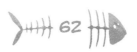

– Пане лікарю, – сказав тоді Голота. – Геть умовності! Пере-
йдімо до суті. Тут таке діло. Чоловіча розмова.

– Що-що? – скинув брови ветлікар.

– Ні-ні. У нас усе гаразд. Окрім того, що в мене прокуше-
не вухо, а у мого друга немає ока. Все решта в повному поряд-
ку. Але маємо до вас секретну розмову. Не на медичну тему.

Й виразно поглянув на товариша.

– Ми, карочі, коти-детективи, – пояснив Кутузов.

– Там є хтось за вами у черзі? – кивнув на двері лікар.

– Нікого.

– Фух, – видихнув лікар і відклав інструменти вбік:

– Ніколи ще з детективами не спілкувався. Я весь – увага.
Запитуйте, панове.

РОЗДІЛ 8

На дверях кав'ярні – табличка «Ремонт». Вона погойдується, бо на відкритій веранді завзято боксують брати Хук і Джеб, раз по раз підкочуючись під самі двері. За двобоєм спостерігають підвальні коти, хавчики, коти з сусідньої брами, танцюристи, кольорові – майже всі. Хто ліниво, хто зацікавлено, а хто й несамовито волаючи. Лише жоржинки з Баронесою схилилися над мобілкою, посміюються – читають в інтернеті коментарі під фото лисої кішки.

Малюки гасають з підскоками поміж глядачами, граються в хованки, зачіпають напівсонного Сплюха. Але тому ніщо не заважає дрімати: голову схилив додолу, очі заплющив.

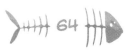

Стас із Олесем поїхали по будматеріали. Вони самі роблять ремонт, лише згодом покличуть майстрів перекривати дах.

До початку котячих зборів залишається кілька хвилин.

Нарешті Білий-Альбінос – він нині голова зборів – дзеленькнув ложкою в кавовому горнятку, закликаючи до тиші. Хук і Джеб зупинилися, відхекуючись. Коли ж усі нарешті заспокоїлися й порозсідалися, Білий виголосив:

– Шановне котовариство! Маємо дві новини: хорошу та погану. З якої почнемо?

– З хорошої!

Голова зборів урочисто простягнув лапу в бік Сірого:

– Сірий своїм репом заробив для нас на тиждень безхмарного життя! Можемо тепер зосередитися на розслідуванні злочину і ні на що не відволікатися.

Здійнявся радісний гомін.

– Ура!!! – гукали коти. – Гіп-гіп ура нашому Сірому! Хай живе котячий реп, найрепіший реп у світі!

Сірий сором'язливо потупився: ну та так, а що ж...

– А погана новина? – нагадав Чистюх, струшуючи з хвоста якісь порошинки.

– Погана новина – це жодної суттєвої інформації від сусідів кав'ярні. Результат опитування нульовий. Тієї ночі ніхто нічого не бачив, нічого не чув. Ані двірничка, ні водій сміттєзбиральної машини, ні листоноша, навіть ніхто з бабусь на лавці... Ніхто, ніде, нічого. Жодної зачіпки.

Хвостуля піднесла лапку:

– Не може бути. Завжди хтось щось чув, завжди хтось щось знає. Можливо, ми не зауважуємо якихось важливих дрібниць...

– Ет, які ще дрібниці! Хіба що бачили кота на гілці верби. Не з наших. Чужого. І що з того? Інформація від хлопця з салону тату. Що ще? Ветлікар вигулював пізно ввечері свого пса й помітив, що кватирка в кав'ярні стукала на вітрі. Згодом саме цей чоловік побачив полум'я всередині. І викликав пожежну команду.

– Ми забули зачинити кватирку? – знову піднесла лапку Хвостуля.

– Хтозна! Ніхто не пам'ятає достеменно.

– Бу-бу-бу-бу-бу, – озвався нарешті Бубуляк. – Як на мене, чудові новини. Вони підтверджують мою версію.

– Кажи, не тягни, – загукали звідусіль.

– Отже, погляньте. Двері до кав'ярні не ушкоджено. І тому геть усі впевнені, що пожежа сталася через коротке замикання в електромережі. Стас із Олесем інших версій не розглядають. Бо ж ніхто до кав'ярні не заходив. А я кажу: хвилиночку! У двері не заходив, а у вікно? У кватирку?

– І що?

– А те, що це викрадення і підпал, – мовив Бубуляк. – Істинно кажу вам: я ще більше в цьому переконався.

По веранді пронеслося котяче мурмотіння, а потім аж загуло від розмов. Білий-Альбінос змушений був знову подзеленчати ложкою, закликаючи до спокою. Бубуляк дочекався тиші й повів далі.

– Припустимо, той кіт із верби проник до нас через кватирку. Її легко відчинити знадвору, достатньо просунути в щілину трісочку й відкинути гачок. Я перевірив. Провів слідчий експеримент. Потрапити всередину міг хтось дрібний, чом би й не кіт? – уголос розмірковував Бубуляк. – Далі. Викрадач знімає зі стіни картини. Передає їх комусь у вікно. Але кому? Я обстежив землю надворі. Людських слідів немає. Є котячі, і це не дивно.

Він покивав направо-наліво, мовляв, є кому наслідити.

– І собачі, – докинув проникливо. – Там були ще й собачі сліди. Можливо, того пса, що його ветеринар вигулював. Отже, якщо в цьому злочині брала участь людина, то зробила це чужими руками. Тобто чужими лапами.

Бубуляк не міг всидіти, походжав узад-вперед.

– Несподіваний поворот, – Хвостуля накреслила хвостом у повітрі якусь закарлюку, схожу на знак запитання.

У Білого-Альбіноса від хвилювання аж ніс почервонів.

– Зухвалий кіт... – зронив Альбінос. – Розпалити вогонь не кожному котові до снаги. Я навряд чи наважився б. А що за кіт? Які прикмети?

– Жодних прикмет, – відповів Голота. – Просто кіт. Несимпатичний.

– Та страшний як холєра, – підтримав Кутузов.

– Чому ви вирішили, що це він? Можливо, випадково якийсь пробігав, – і собі докинув Ковбасюк. – Ніц із того не буде. Все надто заплутано, як ті сліди під вікном.

– Ага, – підхопила Пушинка, – випадковий кіт випадково заліз на вербу, випадково зазирав до вікна...

– Хай там як, – схилив набік голову Бубуляк, – а запитання залишається: для чого будь-кому наші картини?

– Знайдемо їх – матимемо й відповідь! – Кутузову набридли розмови, він готовий був діяти негайно.

– Отже! – Бубуляк спробував підсумувати дискусію. – Що ми маємо для пошуків? Усе місто, геть усі вулиці. Отаке в нас нелегке завдання.

– Ще й не з такими давали раду! – махнула хвостом Хвостуля. – Беремо мапу міста, розбиваємо на квадрати – і вперед. Хто шукає, той знаходить.

Коти ще погаласували, посперечалися, а потім розгорнули на підлозі мапу міста й схилилися над нею.

– Гайда, не зволікаючи, від кав'ярні на всі боки! – запропонував Кутузов. – По секторах.

– Шістьма загонами! – підтримав Голота.

– Сімома! – пискнули малюки.

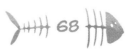

– Ні, краще, квадратами, – Хвостуля накреслила хвостом на мапі кілька перпендикулярних ліній. – Відпрацюємо місто у квадратно-гніздовий спосіб.

– А може, краще вести пошук за інтересами? – втрутилися жоржинки.

– Це як?

– Ми могли б перевірити вулиці з квітковими назвами. Бузкову, Ромашкову, Волошкову...

– А ми почали б із Хлібної та Кондитерської! – Хавчик окинув оком котів-хавчиків. – Непогана ідейка, га? До речі, хто знає, чи є у нас в місті Ковбасна вулиця? А Гарячососискова? Мали би бути, нє?

Робокоп, підтримуючи свої розхитані окуляри, щоб не злетіли з носа, уважно вивчав мапу.

– Тоді танцюристи беруть на себе Музичну і Співочу, – погодився він. – А що! Підемо кожен у своєму напрямку – раз-два-три, раз-два-три, в темпі вальсу.

– Як хочете, – погодився Бубуляк. – Головне працювати з душею. І не забувати позначати на карті місця, де вже побували. Бо ж сотні будинків! Тисячі кімнат, підвалів, горищ, мансард та інших закапелків! Навіть такому великому товариству, як наше, це навряд чи до

снаги. Тридцять шість і шість котів на ціле місто! Бу-бу-бу-бу-бу...

– Головне почати, – запевнила Хвостуля. – А там втягнемося в процес.

Хтось голосно, з гарчанням, пчихнув у сутінках під вербою. Всі озирнулися.

– Хто там? – на весь голос нявнув Бубуляк.

З трави підвівся і вийшов на світло пес із грубими, як дві гусениці, бровами.

– Бровко, ти? Чого тут підслуховуєш?!

– Я не підслуховую. Я на кота Бровчика чекаю.

– Чекає він, ага! – розлютився Кутузов. – Тут таємна нарада триває, а він вуха нашорошив! Яке твоє собаче діло до котячої наради! Забирайся, поки цілий! Хвіст у зуби – і бігом!

Бровко мовчки ворухнув бровами, обтрусився від пилюки й почухрав геть.

Після цього нарада сама собою згорнулася. Ніхто більше не мав що додати. Лише Бровчик озвався:

– Ви злі й недобрі, – а подумавши, додав:

– А я повівся як бовдур.

Коти здивовано перезирнулися.

– Ви мого друга вигнали! – підвищив голос Бровчик. – Що він вам зробив? А я, телепень, промовчав. І мені тепер погано. Аж нудить.

– Та ти шо! – Кутузов навіть підморгнув Бровчику: жартуєш, мовляв, через пса з друзяками-котами гризтися?

Бровчик на нього й не глянув, промимрив стиха:

– Мені тепер від сорому хоч очі в Сірка позичай.

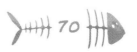

– У якого ще Сірка? Ти до нас іще Сірка приведи!

– Мені теж недобре, – підтримав Бровчика Коментатор-Чорний кіт, на диво мовчазний сьогодні. – Чого я змовчав? Як міг?

– Та куди ви без нас? – спробував перевести все на жарт Білий-Альбінос.

– До собак піду, – пообіцяв Бровчик. – Вони часом добріші.

– А я – на МЯУ-ТіВі, – докинув Коментатор.

– Хіба є такий канал?

– Якщо немає – сам створю.

– Ой, не можу! – верандою розсипалося дрібне хихотіння Баронеси.

– Ти що, не віриш? – від кого завгодно Коментатор міг чекати насмішки, тільки не від Баронеси.

– Ой, – спохопилася вона, – вибач. Я про своє...

Вона й справді не слухала, про що сперечаються коти. Усміхалася, торкаючись лапкою екрана мобілки.

– Вибач, – повторила й помахала в повітрі телефоном. Я, мовляв, на своїй хвилі.

– Що там? – допитливі жоржинки оточили товаришку. – Чого сміялася?

– Погляньте, – Баронеса потицяла у фото. – Оцей під моїми світлинами лайки ставить.

Зі знімка на дівчат дивився кіт-сфінкс, такий же худющий, як Баронеса, зі зморщеною шиєю. Вуха вгору, ані волосинки на блідому тільці. І погляд пильний.

– Класний? – запитала Баронеса, милуючись. Відповіді вона не потребувала.

Мюзетта тицьнулася носом в екран:

– «Привіт, дика Баро! Гуляєш ввечері дахами?». Кому це він пише?

Баронеса знічено захихотіла:

– Мені. Він мене Дикою Барою називає, скорочено від Баронеса. Від Лисого Кота всього можна чекати, він такий.

– Від Лисого Кота? Це ім'я чи прізвисько? Чи нік? Як його звати насправді?

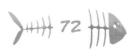

– Кажу ж: Лисий Кіт. Він домашній. Його господиня-художниця так кличе. А я його називаю скорочено – ЛисиК.

Жоржинки перезирнулися: ЛисиК! Отакої.

– Ми її втрачаємо, – зітхнула Жанетта.

РОЗДІЛ 9

Усеміський котячий розшук розпочався з непорозуміння. Хук і Джеб зібралися на завдання, почепивши на носи чорні окуляри, нап'явши на голови капелюхи, ще й зі згорнутими в трубочку газетами у лапах. Маскарад та й годі!

– Саме такі й мають бути справжні детективи! – брати були собою дуже задоволені. – Ми ж нишпорки тепер чи хто? Ото й замаскувалися, щоб на нас уваги не звертали. Сядемо на лавці під будинком, розгорнемо газети...

– А газети навіщо?

– Віщо! Ми у газетах зробили дірки...

Коти продемонстрували, як вони стежитимуть за всіма через дірочки. В отворах блимали радісні очі.

— Щоб нічого й нікого не проґавити! А збоку здаватиметься, що ми занурені у читання.

— Де ви таке бачили?

— У фільмі про детективів!

— У французькому? — уточнив Ля Сосис. — Це був французький детектив? Я теж його бачив.

— Ясно, — сказав тоді Бубуляк. — Знімайте капелюхи та окуляри, газети теж залиште. Якщо не хочете, щоб увесь район взнав про наші таємні пошуки.

Брати неохоче попрощалися зі своїми речами для конспірації, незадоволено оглянули одне одного: ну і які вони тепер детективи? Звичайні вуличні коти.

Кілька загальних настанов — і всі розійшлися, не забувши попередити Стаса, що мають справи. Ночуватимуть де випаде. Їм не звикати. Нехай Стас не переживає.

— А пані Крепова най нас не чекає на вечерю, — з жалем додав Шпондермен.

Хавчики зітхнули, ковтнувши слину.

— Не знаю, коли й відсипатимемося, — буркотнув Сплюх. — Нормальний кіт спить дві третини свого життя, а не гасає, мов збіганий пес, усеньким містом! Ми якісь неправильні коти.

І почалося.

Коти видряпувалися на дерева й зазирали у вікна та за бильця балконів, вибиралися по гілках аж до рівня четвертих-п'ятих

поверхів. Нишпорили дахами та горищами багатоповерхівок, спостерігали, що відбувається в будинках навпроти. Піднімалися сходами, зазираючи у замкові шпарини... Працювали і вдень, і вночі, адже коти й в темряві добре бачать.

Кутузов вів спостереження з найвищого дерева у місті, з секвої гігантської. Сидів на гілці, немов комаха на бивні мамонта, вдивлявся в окуляр бінокля з дальноміром. Уже й не бінокля, по суті, а монокля, бо ж у ньому зберігся лише один окуляр, другий розбився. Але Кутузову й одного було достатньо. Він прикладав його до свого ока й тішився, що знайшов на смітнику такий чудовий пристрій.

По той бік вікон вирувало життя. Люди смажили рибку і котлети, читали та спали, сміялися й сварилися, мили посуд і розвішували білизну на балконах.

Вони годували дітей, домашніх котів та собак. Обіймали їх, бавилися з ними. В одній квартирі кіт із синім бантиком

на шиї ходив туди-сюди по клавіатурі фортепіано – з-під його лап лунала мелодія. Ля Сосис прислухався й мало не пустив сльозу: він упізнав цю пісню. Її колись співала, акомпануючи собі на роялі, його господиня, викладачка французької мови.

– Но-о... рья дорья! – затягнув кіт. – Ні-і, не шкода-а хоч там я-ак!

Сордель поспішив затулити йому лапою рота.

– Потім, – прошепотів, – потім співатимеш. Удома...

– Удома? – схлипнув Ля Сосис. – А де мій дім? Де мій дім, питаю я тебе. Но-о... рья дорья...

Поважний Бубуляк по вікнах не лазив, у шибки не зазирав. «Роки не ті», пояснив він друзям. Він діяв інакше. Дзвонив у двері, впевнено бубонів: «Перевірка лічильників!» – і з діловим виразом морди обходив кімнати, зазирав до кухні, до ванної та туалету, зосереджено щось записував. Ще й збивав господарів з пантелику запитаннями штибу: «Коли ви востаннє?..» та «Хто веде домашню бухгалтерію?» Ніхто не наважувався прогнати кота з олівцем та нотатником у лапах.

– Поглянь... – почув він, ідучи від котроїсь бабусі. – Спеціально навчених котів на роботу беруть! Куди там Іванові Івановичу до цього розумника!

Кутузову нарешті набридло сидіти на секвої гігантській. Для нього нестерпно було не рухатися – так само, як для Коментатора мовчати. Й оскільки на Коментатора весь час шикали: «У нас таємна місія! Припни язика! Годі теревенити! Тебе почують!» – то коти охоче помінялися місцями. Кутузов звільнив Коментаторові свій пост на секвої й пішов, як він пояснив, «у розвідку». А Коментатор видерся якнайвище – й нумо видивлятися в одноокий бінокль довкола, немов капітан корабля у підзорну трубу, нумо язиком лопотіти без угаву. Хтось знизу почує – подумає, що сороки стрекочуть у верховітті.

Кутузов із Голотою нишпорили вдвох. Один дзвонив у двері й відразу ховався. Поки людина до дверей дочовгає, поки здивовано постоїть на порозі, метикуючи, хто дзвонив і кому тут що треба – другий кіт, встрибнувши у вікно, вже й проніссся вихором усією квартирою. Або робили ще так: один під вікнами концерт улаштовує, відволікає увагу... Коти ж уміють видавати сотню різних звуків і ладні підробляти голоси: або як дитина заплакати, або як автосигналізація завити. Отож один вправляється надворі, а інший тим часом шукає в помешканні вкрадені картини. Господарі перехиляються з вікна, роззираються навсібіч і навіть не здогадуються, що в них за спинами діється у їхній власній квартирі.

Хвостуля з Пушинкою довідалися, що Кутузов із Голотою по квартирах никають – і нагримали на хлопців:

– А що як вас упіймають! Доведіть тоді, що ви не злодії! Ви ж на приватну територію заходите!

– Та ми ж там нічого не займаємо! – Голоті невтямки, чому це дівчата обурюються. – Я от сьогодні занюхав на чужому столі канапку зі шпротами, і що ви думаєте? Пробіг, відвернувшись. Навіть очі заплющив. Ми чесні нишпорки! Нам чужого не треба.

– Во-во! – мовить Шпондермен, посмикуючи себе за вуса. – Тому я до тих хат і не потикаюся, боюсь спокуситися.

Малюкам довірили перші поверхи. Вони вистрибували на підвіконня, намагаючись роздивитися за шибами те, що шукали. Бачили на стінах годинники та дзеркала, фотографії, пейзажі й натюрморти, полички з книжками та посудом, навіть кухонні стільнички – такі, як у пані Крепової. Але їхніх робіт у жодній квартирі не було. Одного разу, коли Жабка-Сиволапка, розплющивши носа об скло, вдивлялася у те, що діється в квартирі, вікно відчинилося, і маленька рука вхопила кошенятко. Жабка-Сиволапка й пискнути не встигла. Навіть пручатися не могла з переляку, лише замружилася, щоб нічого не бачити.

Але це була рука доброї дівчинки.

– Ба... – прошепотіла мала, стискаючи кошеня в обіймах. – Воно нічиє! Бабусю, заберемо кошеня до себе! Будь ласка! Ти бачила, як воно стрибає? Ти бачила, які в нього лапки?

Жабка-Сиволапка, почувши ці слова, розплющила очі, глянула в добре личко дівчинки й пригорнулася до неї. І навіть не озирнулася на друзів, коли бабуся зачинила вікно й засмикнула мереживну фіранку.

Увечері Баронеса отримала через інтернет вітання від Жабки-Сиволапки. Повідомлення написала ота добра дівчинка, вона дякувала котячому товариству за безцінний подарунок.

– А ми теж... ми радіємо за неї! – шморгнув носом Яків. – Як вона там, цікаво? Що їсть? Де спить? Вона завжди мріяла про людську сім'ю. А ми що... Ми раді.

Та насправді малюкам було невесело. Може тому, що насувалася ніч і треба було шукати собі місце для сну. Вони змостили собі кубельце зі скошеної трави під кущем бузини. Щойно вклалися, як хтось покликав із вікна: «Якове! Додому!»

Яків жваво підвів голову й роззирнувся. Серце його калатало. Побачив, як білявий хлопчик біля під'їзду дивився вгору й махав рукою: йду!

– В усіх є дім, – Яків знову поклав голову на лапки. – Невже у нас його ніколи не буде?

– Та чого ти! – поплескав його по спині Безжурний Кіт Гарольд Перший. – У нас є Стас і пані Крепова. А в них є квартира.

– Ет ти який! Ласий на чужі ковбаси! Ми не можемо в них залишатися надовго. Їм із нами незручно.

– Чого б це? Нам зручно, а їм незручно? – здивувався Безжурний Кіт Гарольд Другий.

Гарольди обмінялися іронічними поглядами: скаже ж таке! Незручно! Життя нарешті налагодилося. Нема чого жалітися. Нема від чого впадати у відчай. Проте й у Безжурних котів ентузіазму поменшало. Піднесений настрій раптом вигас. Навіть не потеревенили перед сном.

Вісті не лежать на місці. Не встигли малі повернутися, як уже всі коти знали, що Жабки-Сиволапки з ними немає. І тоді вирішили малих на пошуки не брати. Занадто ті малюки вразливі. Нехай сидять на терасі під вербою, приймають звіти й роблять на мапі позначки червоним олівцем.

Так і вчинили. Коти підходили до малюків, до розгорнутої схеми вулиць, показували, який будинок обвести червоним: обстежено, мовляв, нічого не знайдено. Обстежено, нічого... Нічого...

Справи просувалися – як мокре горить.

Хавчики весь час відволікалися на кухонні запахи. То їм курячим бульйоном запахло, то чиїсь голубці з м'ясом збили з курсу. Неможливо, казали, працювати! За таких умов!

Ще й Сордель мало не вскочив у халепу: дивом вдалося відірватися від погоні. Наштовхнувся у під'їзді на бійцівського пса, той уже погнався за ним, уже й наздогнав було, хотів ухопити, а хвоста нема! Пес на секунду пригальмував, а кіт – під паркан, ледве протиснувся, бо грубенький, потім у кущі – і слід охолов.

Кутузов попався на гарячому. Зазирав за письмовий стіл у чужому помешканні, і саме цієї миті на порозі кабінету виріс господар, сивий немічний дід, який ледве ноги совав. А як побачив кота, дістав заряд енергії. Кіт у двері, старий з підскоком – за ним. Так розлютився, що встиг, гримнувши дверима, прищемити бідоласі жмутик шерсті. Кутузов утік, а згодом, за рогом, оглянув свій потріпаний хвіст-ощипок. Чи воно того варте, щоб таких втрат зазнавати? Стільки зусиль – і все намарно.

Пошуки картин вирішили призупинити. Дійшли цього висновку, аж коли Голота зірвався з даху п'ятиповерхівки. Просто на клумбу з флоксами.

– Ти міг розбитися! – схлипували перелякані жоржинки. – Ти міг скрутити собі в'язи!

– Та що ви рознявкалися! – втішав він дівчат як міг. – Я не з полохливих. А чого ж! Перегрупувався, вирівняв тіло відносно землі, зменшив швидкість падіння… На моєму місці так вчинив би кожен кіт. А тоді – алле-оп!

Очі в жоржинок – круглі, як ґудзики; роти роззявили з подиву.

– Приземлився на всі чотири лапи! Поламав, щоправда, кілька квітів. Таких рожевих, на довгих ніжках.

– Флоксів, – підказала Марієтта.

– Були флокси, стали плокси! – реготнув Голота. – Геть пласкі зробилися. А мені хоч би хни! У нас, котів, добре розвинений вестибулярний апарат.

Малюки теж не зводили з Голоти очей.

– Але ви, малі, й не подумайте! – Голота нарешті зауважив малюків. – І не подумайте, кажу, повторити цей трюк. Бо може бути інший фінал. Геть не такий, як у мене.

Налякав усіх Голота своїм трюком. Ще й гроші закінчилися. Раптово. Їх, щоправда, не надто й економили. Купували віденські сосиски та козацькі сардельки, ще й екзотичні фрукти для пані Крепової та Стаса.

Що ж, вирішили коти-танцюристи, зазирнувши до порожньої скриньки для грошей, тепер наша черга. Їм було ніяково за перший невдалий вихід на публіку. Тепер обставини змінилися: погода чудова, людей у місті – юрмища. Виступ обіцяв бути вдалим. Друга спроба!

РОЗДІЛ 10

У підземному переході на танцюристів чекав сюрприз. Зграя псів. Вони дрімали, згорнувшись на прохолодній долівці в куточку. Першим зауважив котів чорний собака з білим комірчиком, він підвівся й штовхнув лапою іншого. Огрядний, череватий псисько розплющив очі, повільно випростався, потягнувся. Грубасик, поміс англійського бульдога з дворняжкою. Провислі складки щік, сердитий погляд. Пес підібрав цівки слини, що звисала з куточків пащеки, й щось буркотнув. Решта вмить зірвалися на прямі лапи. Трійко дрібних

собак невизначеного кольору, якісь сіро-буро-малинові, на вигляд дуже злі, нетерпляче тупцювали на місці. Руда псиця, найвища й найхудіша з усіх, справляла враження найспокійнішої, навіть байдужої. Вона примружилася, тримаючи в полі зору пухнастих зайд. Довгі дреди погойдувалися під її вухами.

Котам тут готували палкий прийом. Це було зрозуміло з першого погляду.

– Обана! – гарикнув чорний собака, тупнув задніми лапами, наче вбраними в широкі штанці. – Кого ми бачимо! Не вірю власним очам! Яка зустріч!

– Чого припхалися на нашу тер-ритор-рію? – прогарчав Незовсім-бульдог й підтягнув слину.

Трійко дрібних псів завзято потупотіли назустріч котам, одначе спинилися і – назад, бо більші пси залишилися на місці.

До Брейкера нарешті повернувся голос.

– Це територія міста, – відповів він.

– А ви тут до чого? – нахилив голову чорний собака.

– А ми живемо в цьому місті, – нявкнула Пушинка.

Пси перезирнулися й вибухнули сміхом.

– Що-що? Де ви живете, безхатьки? На якому смітнику? Га-га-га-гав!

Собаки вдоволено зареготали, вишкірюючись і висолоплюючи язики. Вони штовхалися між собою, перезиралися: бачив, мовляв? чув? Ги-ги-ги. А один із трійки найдрібніших аж упав зо сміху на спину, дриґав тоненькими лапами у повітрі: ой, не можу!

– А ви, перепрошую, – Хвостуля намалювала хвостом овал у повітрі. – Ви всі, дозвольте запитати, де живете? На якій віллі?

Пси замовкли й утупилися поглядами в Хвостулю. Навіть той, що лежав догори дриґом, кілька секунд дивився на неї, а потім перекинувся на живіт і підвівся. Руда з дредами ступила вперед. Хвостуля відчула тремтіння у лапках, вона ледве стрималась, щоб не чкурнути кудись світ за очі.

– А ми, – повільно мовив Не-зовсім-бульдог, – живемо де хочемо. Це наше

місто. І цей підземний пер-рехід теж наш. Тому вшивайтеся чимшвидше, бо...

– Агов, шановні!

Чотирилапі так захопилися спілкуванням, аж лише тепер зауважили, що вони не самі: навколо зібралися люди. Щойно бігли у своїх справах і от вже стоять, на щось чекаючи.

– Ви нині танцюватимете, чи ні? Пора починати!

– Мр-рняв! – одразу заволав своїм фірмовим риком Робокоп. Він умів гарчати голосом немов із металевої діжки. Зрадів, що обійдеться цього разу без прочухана. – За хвилину починаємо!

– За півхвилини! – підніс лапу чорний собака з білим комірчиком. – Це наш підземний перехід, танцюємо тут ми! І ми вирішуємо, кому й коли починати.

– А ви по черзі! – втрутився продавець із музичної крамнички. Сивий чоловік із волоссям, зібраним на потилиці у хвостик. Він стояв в одвірку своєї крамнички, склавши руки на грудях. Уважно спостерігав за котами, псами та глядачами.

– Раз ті, раз ті, – підказав він. – Справді, час починати.

Собаки перезирнулися. Чорний вийшов уперед.

– Привіт! – бадьоро привітався він й обвів людей поглядом. – З вами Чорний Джек! І зараз ви станете свідками собачо-котячого танцювального батлу! До вашої уваги хореографічні змагання між собаками і котами! Хто переможе у запальній сутичці? Кому глядачі віддадуть перевагу, симпатію та вміст своїх гаманців?

– Слухай, ти часом не Коментатор? – нахилився до нього Степко, дочекавшись паузи.

– Який іще коментатор? – огризнувся пес. – Я Базікало Чорний Джек. Второпав? Починайте, мурнявчики!

– Ні, ви перші, гавкастики!

– Дивіться, щоб не довелося шкодувати... – собаки обмінялися поглядами і Чорний Джек кивнув до дядька з музичної крам-нички:

– Маестро, музику! Спеціально для Чорного Джека.

Продавець немов чекав на сигнал. Із колонок, виведених назовні, залунала музика. Чорний Джек замовк, тупнув за-дніми лапами в широких вовняних штанцях, а потім ушква-рив щось таке дивацьке, якийсь такий новітній варіант гопака, що й коти задивилися. Пес навіть спробував зробити повзунок навприсядки, почергово викидаючи вперед задні лапи й під-носячи догори передні. Крутнувся на місці й під бурхливі оплески пристав до своїх. Сам собою задоволений.

Непогано для початку.

Степко не вагався ані секунди. Його добряче підохотив цей хвацький гопак. Ще й спиною відчував підтримку своїх. Та хіба ж йому вперше тан-цювати степ? Чи не однаково, пе-ред ким? Набрався хоробрості й відчайдушно вистукав об під-логу свою фірмову найефектнішу композицію. Щоб знали, собаки, з ким мають справу.

Коти і пси трималися очі в очі, півколами, підтупцьовуючи, поки хтось один із протилежного гурту виходив на середину. Глядачі щільно їх оточили. Плескали, не шкодуючи

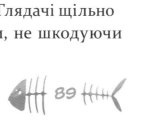

долонь. Неможливо було зрозуміти, хто їм подобається більше.

Троє сіро-буро-малинових псів виступили комічним танцювальним тріо, це було схоже на пародію. Публіка реготала до сліз. Хтось вигукнув: тріо на тріо!

Можна й так.

Вийшли Пушинка, Хвостуля й Вертун. Що вони заходилися виробляти! Хвостуля підкручувала Вертуна хвостом, він обертався дзиґою. Пушинка через нього перестрибувала, зависаючи у повітрі. Продемонстрували втрьох каскад акробатичних трюків, спричинивши бурю овацій. Шальки глядацьких симпатій хитнулися на котячий бік.

Ваша відповідь, собаки!

І вийшла руда висока псиця. Гойднула дредами попід вухами. Підхопила Чорного Джека. Собачий вальс! Їхні лапи наче й не торкалися долівки, ковзали у повітрі. Як вони це роблять? Як їм це вдається?

Реакція глядачів красномовно показала: цей виступ наразі найкращий.

– Ви ще Брейкера не бачили! – зухвало вигукнув Брейкер, відштовхнувся задніми лапами, перекинувся через голову, закрутив у повітрі небачену фігуру.

Його виступ супроводжувався гулом і свистом. Імпровізований концерт сягнув, здавалося, найвищої точки.

Але ж ні. Бо посунули назустріч одне одному Не-зовсім-бульдог та Робокоп. Глядачі стогнали. Гул і свист перетворилися на ревіння, немов змагання відбувалися не в підземному переході, а на стадіоні під час футбольного матчу.

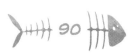

Хтось навіть вихопив дудку: ду!!! ду-ду! Неможливо було стриматися.

Робокопа наче бджола вжалила. Його лапи та хвіст посмикувалися й виверталися, голова ковзала по плечах, як на шарнірах. А грубий пес Не-зовсім-бульдог, легко підвівшись на задні лапи, невимушено танцював танець живота, а живіт у нього був чималенький.

Натовп глядачів схвально ревонув, накрив артистів оваціями, підхопив їх усіх на руки й виніс на вулицю. Якби не ця тріумфальна хода, запеклий танцювальний двобій закінчився б котячо-собачою бійкою. Або ж братанням.

РОЗДІЛ 11

– Погляньте, що пишуть у газеті! – Коментатор-Чорний кіт розгорнув газету. – Слухайте всі! «Приліт чужопланетян вдалося зафіксувати жителю міста Василю Уважному. Серед ночі він устав попити водички, підійшов до вікна і побачив на даху двох прибульців. Устиг збігати по мобільник і, перш ніж чужопланетяни розтанули в темряві, зробив кілька кадрів. Шкода, що доволі розмитих». А під фото, погляньте, підпис: «Космічні прибульці, ось вони які».

Коментатор-Чорний кіт підніс газету над головою. Зі шпальти на читачів позирали дві здивовані, зеленкуваті від місячного сяйва мордочки.

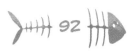

– Баронесо, ти?!

– Справді, я... Так невдало вийшла на цій фотці! Нащо такі світлини надсилати до газети, не розумію.

– А поруч хто?

– Та ж ЛисиК. Ми з ним картини шукаємо. Ет, шкода, що мого татуювання на спині не видно...

Шукати липові дощечки у великому місті – все одно що голку в копиці сіна. Обговорили коти новину з газети, а потім замислилися: що ж то робити далі? У прочинені двері видно з веранди, як Стас із Олесем злагоджено працюють, обидва в робочому одязі, заляпані фарбою. Коти їм не заважають. Сказано ж: не заважайте, не швендяйте тут. Вони й не швендяють.

Ті, що повернулися під ранок, сплять у затінку під табличкою: «Нічна зміна. Не турбувати!» Хук і Джеб скрутилися валетом, посопують, і ніщо їм не стає на заваді, навіть гуркіт перфоратора.

Хвостуля сидить на нижній гілці верби, погойдуючи хвостом. Розмірковує вголос:

– З будь-якого безвихідного становища завжди є вихід...

– Який? – підвів голову Бубуляк. – Пропонуй.

Мовчить Хвостуля, не знає, що сказати.

– Я маю пропозицію.

Це Баронеса нарешті відірвалася від своєї мобілки.

– Треба тактику змінити. Можна, скажімо, звернутися по допомогу. Коли справді потрібна допомога, не соромно про неї й попросити.

Нещодавно зроблене тату на спині лисої кішки зібралося хвильками. Не відразу й зрозумієш, що то крильця. Часом

здавалося, що ті крильця-тату на рівні лопаток і справді рухаються – зіжмакуються й розгортаються.

– От, скажімо, мені особисто допомагає Лисий Кіт. Щоправда, поки що безрезультатно.

– А ми кого попросимо про допомогу?

– Та хоч би й вуличних псів! – буркнув хтось стиха.

– Вуличних псів? – перепитала Хвостуля згори. – Хто це сказав?

– Ну я, – підвівся Бровчик і зробив свою фірмову хвилю бровами: а що, мовляв, непогана ідейка, га?

Глянув убік, приклавши лапу до чола, бо сонце било в очі. Під парканом на віддалі лежав його друг Бровко. Пес тепер не підходив близько до котів, щоб знову не закинули, начебто він підслуховує. Аж тут чує: його кличуть. Підвівся й рушив до них, без образ, немов не його звідси прогнали кілька днів тому. А чого ображатися? Сильного образити важко, а він вважав себе сильною особистістю.

Кіт Бровчик зустрів пса Бровка запитанням:

– Як думаєш, допоможуть нам бездомні пси шукати наші дошки?

Пес поворухнув бровами:

– Спробувати можна... Принаймні деякі собаки не відмовлять. А нащо вам ті дошки?

– Це картини. Дряпопис! – заходився пояснювати Бубуляк. – Наївне котяче мистецтво. Вісім липових художніх дощечок.

Пес здивовано скинув брови:

– Жартуєте? Вісім липових дощечок?

– Вісім. Липових. А що?

– Де ви їх узяли?

– Надряпали. Бровчику, невже ти своєму другові нічого не розповів? – всі озирнулися на Бровчика: як так?

– А чого б то я розповідав! Ми ж домовилися: котяча таємниця. Я й припнув язика. Розказуйте тепер самі.

І коти навввипередки взялися розповідати Бровкові про свою виставку і про зникнення картин. А що як котячий дряпопис має попит на міжнародних мистецьких аукціонах? Чому ті дощечки вкрали?

– Та ясно ж, чому, – мовив пес і заходився чухати вухо задньою лапою.

Кутузов присунувся до нього.

Пес і бровою не ворухнув.

– Тут діло у таємниці восьми липових дощечок. Про це кожний собака знає.

Запала тиша. Було чути лише, як чухається пес і як високо в повітрі дзижчить муха. І від тієї тиші прокинулися коти, які спали після нічної зміни. Розплющили очі й побачили пса, а пес перестав чухатись і сказав:

– Ви що, не чули про таємницю восьми липових дощечок?

Коти похитали головами: ні, не чули. Що ще за таємниця? Пес підвівся, підійшов ближче й почав свою розповідь.

Якийсь дядько шукає вісім липових дощечок. Саме липових, саме вісім. А що за дядько? Хто його зна. Якийсь Гугура. Прізвище таке, а може, ім'я чи то прізвисько. Він так називається. І от цей Гугура розпитував у вуличних псів, чи не траплялися їм на очі вісім липових дощечок. На звалищах, смітниках чи деінде. Звичайних  липових дощечок, вкритих якимись знаками. Там має бути щось написано чи намальовано, чи надряпано. Собаки, звісно, поцікавились: а вам вони, пане Гугуро, навіщо? І не вступилися, аж поки той пояснив: якщо скласти ті дощечки докупи у певній послідовності, можна прочитати якусь важливу для Гугури інформацію. Щось там наплів, одне слово. Але хтось із собак таки винюхав подробиці: не просто якусь важливу інформацію, а підказку, ключ до того, де сховано скарб.

– На наших дощечках це можна прочитати?

– Не знаю чи на ваших. Я цього не стверджую. Навряд чи на ваших, бо ви ж свої недавно надряпали, а той дядько вісім липових дощечок давно шукає.

– Та ми нічого своїм дряпописом і не шифрували. Ми й таємниці жодної не знаємо.

– Бу-бу-бу-бу-бу... То що там, на тих дощечках, якийсь текст? Чи карта?

– Невідомо ж, кажу. Може, й карта, а може, й текст або малюнки. Вказівники якісь. Гугура обіцяв, що як знайдемо, влаштує собакам великий бенкет на звалищі за містом. М'ясні обрізки з гречкою – грандіозна смакота! Але ніхто нічого не знайшов. Тягали якісь дошки звідусіль – усе не те. На сміттниках та по закинутих сараях нишпорили. Того, що шукають, там немає. Будьте певні. Ми все перерили. Хто ж відмовиться від бенкету за містом! Від гречки з м'ясними обрізками, га?!

– То ви давно їх шукаєте? – перепитав Бубуляк.

– Давно і безрезультатно.

– Тоді наші дощечки тут справді ні до чого, – мовив Бубуляк. – Дайте подумати, не бубоніть. Не збивайте з думки. Бу-бу-бу-бу-бу... Ось воно що... Ага... Второпав! Так от що я вам скажу. Той дядько, який скарб шукає, сам їх і викрав. Побачив репортаж по телебаченню, почув слова «вісім липових дощечок» – й організував викрадення. Щоб перевірити, чи складаються вони в одну картину. Тобто в підказку, де шукати скарб.

– А страшний кіт?

– Його спільник!

– Отакої...

– Бєспрєдєл! Ну й дєла!

– Мринь-бринь!

– Але навіщо...

– Віщо!

– Треба шукати того дяпчика з котом.

– Послухай, Бровко, а де і коли Гугура зустрічається з со-
баками?

– Він раз на тиждень призначає зустріч. На пустищі за міс-
том, куди вороння з міських парків злітається на ночівлю. Зна-
єте цю місцину? Там іще поблизу цвинтар старих автомобілів.
Післязавтра – чергова зустріч. А де Гугура живе, ніхто не знає.

Коти зустріли це повідомлення мовчки, похитали голова-
ми і Бубуляк за всіх сказав:

– Слухай, друже Бровко, а перекажи-но своїм, тобто всій со-
бачій спільноті, що коти пропонують зустрітися. Є тема для
розмови. Перекажеш?

Пси погодилися на перемовини, але на своїй території – на
звалищі старих машин за містом, доволі моторошній місци-
ні. Там щовечора збиралася на ночівлю колонія безпритуль-
них собак. Псяча вимога була така: на здибанку мають прий-
ти лише три коти, тільки три і не більше. Безпеку цим трьом
гарантують за однієї умови: якщо домовленість не буде пору-
шено. Якщо ж собаки запідозрять, що їх намагаються наду-
рити, ситуація може вийти з-під контролю.

Отже, троє котів мають іти на кладовище старих автівок,
на нічну територію безпритульних собак. А що робити? Треба
то треба. Не зупинятися ж на півдорозі. Одним із трьох, звіс-
но, буде Бровчик, тут без варіантів. Він сам зголосився, у ньо-
го друг – собака.

Хто піде ще?

Жоржинки відразу відмовились – їм страшно. Кошенят не пустили: малі ще, недосвідчені, їхнє місце на терасі, під вербою чи в пані Крепової в кухні, у кошику. Беркиць не був певен, що в найвідповідальніший момент не втратить контролю над собою. Чистюх сказав: «Я – ні», пославшись на поважну причину. На звалище, мовляв, не піду, там брудно, антисанітарія. Білий-Альбінос згадав дитячу психотравму: його колись собаки так налякали, що він досі плутає, де ліво, де право. «Я пас, – потер почервонілий ніс, – вибачайте».

Усі решта хоч зараз готові були йти до собак на розмову. Претендентів на цю відповідальну місію виявилося значно більше, ніж двоє.

– Не значно більше... – нявкнув Круть. – А по дванадцять із половиною на місце.

– Шо-шо? – перепитав Кутузов.

І Круть скоромовкою пояснив: дивіться, мовляв, тридцять шість плюс шість – буде сорок два. Мінус вісім жоржинок – тридцять чотири. Мінус шість малюків – двадцять вісім. Мінус Беркиць, Чистюх та Білий-Альбінос – двадцять п'ять. Двадцять п'ять охочих на два вільних місця – отже, по дванадцять із половиною на вакансію. Такий-от конкурс.

– Офігєть, – гигикнув Кутузов.

– Моя школа! – нагадав Шпондермен. – Це я навчив малюків рахувати.

– То хто піде до псів разом із Бровчиком? – не дав розмові збитися на манівці Голота. – Як обрати?

– За допомогою сірників, – Хвостуля нарешті зістрибнула з дерева. – Дайте мені хвилину, дайте мені сірники. Відверніться. Зараз визначимося, хто піде.

Поторохтіла коробочкою з сірниками, а коли всі почули «обертайтеся!», вона стояла, наступивши лапкою на двадцять п'ять сірників.

– Два з них обламані, – попередила. – Хто їх витягне, той і піде. Тягніть по черзі.

Сірники без коричневих голівок дісталися Голоті та Пушинці.

– Ага, так я вас і відпустив! – заволав Кутузов. – Ще чого! Мало що там може статися! Я там бував, знаю їхні порядки! Я буду за вами скрадатися. Подам нашим сигнал у разі чого. З тими собаками треба тримати вухо гостро, а хвіст пістолетом!

– Тільки-но спробуй, – зиркнув на нього Голота. – Йдемо втрьох, як і домовлялися. Ти залишаєшся тут, з усіма. В разі чого – накиваємо п'ятами. А дурити нікого не будемо.

– Очінь зря, – похмуро попередив Кутузов і торкнувся пов'язки на оці. – Я їх, собак, добре знаю!

– Щоб розмова була предметною, – втрутився врівноважений, як завжди, Бубуляк, – ми маємо наперед домовитися про те, що обіцятимемо собакам. Вони нам допоможуть знайти наші дощечки, а ми їм – їхні дощечки. Виходить, так?

Коти схвально загули. Домовилися.

Коли споночіло й на небі висипали зорі, трійко котів вирушили на старе автозвалище. Йшли нечутно, найтихішою котячою ходою. Вже й освітлені вікна будинків залишилися позаду, вже й вогні автотраси віддалилися. Попереду під світлом місяця зблискували битими вікнами покинуті автівки. Кладовище машин. Порипує на вітрі невидима пружина.

Металеві скелети вгрузли в землю ресорами, втопилися в траву спущеними шинами. Немов чудовиська, бовваніють розпатрані водійські крісла. І хтось ховається за стосами старих автопокришок.

Раптом тишу розірвав огидний звук: із темряви вистрибнула верескли́ва розкуйовджена тінь, оглушило гавкнула й зареготала. Хмара вороння здійнялася в повітря, залопотіла сотнями крил.

– Куций, – озвався хрипкий голос із сутіні, – ти сюди не пхайся. Без тебе обійдуться.

Пляма загиготіла і зникла, розтанула, наче й не було. А від перевернутого кузова старої вантажівки відділилися три постаті й вийшли під світло місяця.

Оце так сюрприз! Двох Пушинка впізнала відразу. Знайомці з підземного переходу. Пси-танцюристи. Череватий грубасик Не-зовсім-бульдог, помісь британського бульдога з дворняжкою. Висока руда псиця з довгими дредами попід вухами. І мале облізле Дехто – цього Пушинка бачила вперше. Він наблизився до котів, плутаючись у власних лапах, і миролюбно прогарчав:

– Жукейро. Мене звуть Жукейро.

– Голота, – відповів Голота.

– Уна, – сказала та, що з дредами.

– Пушинка, – голос здригнувся, але майже непомітно.

– Чер-рчиль, – кахикнув Не-зовсім-бульдог.

– Бровчик.

– Бровчик? – пожвавішали пси. – Начувані-начувані... Знаємо-знаємо... Наш Бровко про тебе розповідав. Гаразд. До справи. Що за проблема у вас? Хто говоритиме?

Коти полегшено зітхнули: наразі все складається незлецьки. Не такі страшні пси, як про них кажуть. Голота повідав котячу історію, нічого не приховуючи, включно з підозрою про те, що той-таки шукач скарбів, дядько Гугура, міг їхні картини вкрасти. І де його тепер шукати? Де він живе? Якби ж то собаки допомогли... По-сусідському.

Жукейро нетерпляче переминався з лапи на лапу і щось уже хотів було тявкнути, але руда Уна зупинила його поглядом.

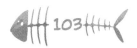

– Це ваші проблеми, – зронила вона. – Нам що до того?

– Знайдемо з вашою допомогою наші дощечки, а потім допоможемо шукати ваші. Тобто ті, що вам за них гречку обіцяли.

– З м'ясом, – докинув Жукейро.

– А гарантії? Чому ми маємо вірити котам? – запитала Уна.

– Тому що ми дамо вам слово, – відповів Голота.

– Надійне котяче слово, – додала Пушинка.

Вона дивилася просто в очі рудій псиці. Не відводила погляду. Здолала свій страх, бо треба було будь-що переконати собак сказати «так».

– Допоможіть нам. А ми допоможемо вам, – підтвердив Бровчик.

Черчиль з Уною повернули голови одне до одного.

– Коти нам іще зр-роду-віку не допомагали, – гарикнув Черчиль.

– Бо ви не просили.

– Потр-реби не було. Скільки вас? Загалом?

– Тридцять шість і шість. А вас?

– Дев'яносто дев'ять і дев'ять, – усміхнулась Уна, гойднувши дредами.

«Ого!» – промайнуло у кожній котячій голові, але ніхто і вухом не повів. Правда чи неправда, а марку треба тримати до кінця. Зрештою, не в кількості річ.

– Гаразд, – погодилися собаки. – Завтра у нас буде зустріч із тим Гугурою. Він іноді зі своїм кицьлом приходить. Кха-кха... Ви на «кицьла», сподіваємось, не ображаєтеся?

– Дурниці, – відмахнувся Голота. – Гугура ще наче має якогось, кхе-кхе, собачару? Нічого, що я так про вашого брата?

– Він нам не брат, але ти той-во... Вважай. Завтра ми пронюхаємо, де вони живуть – Гугура, кицьло та його соба... собачара, і передамо вам цю інформацію. А ви не забудьте своєї обіцянки.

– Не забудемо, будьте певні.

– То що? – струсонула дредами Уна. – Остаточна згода?

– Надійне котяче слово! – підтвердили гості.

– Гарантоване собаче слово! – відповіла руда Уна. Грубий Черчиль та верткий Жукейро луною повторили ці слова.

– Домовилися!

– Домовилися!

– Ги-ги-ги-ги! – зареготав хтось із темряви, з іржавого кузова старої вантажівки.

Нічні птахи знову зірвалися вгору.

– Куций, стули пельку, – прорипів хриплий голос.

Темрява ворухнулась, наче гігантська істота. Зітхнула й затихла.

РОЗДІЛ 12

Жахливий привид зазирав Стасові просто в очі. Хлопець здригнувся всім тілом й різко сів у ліжку.

Тьху ти! Кошеня! Цей, як його – забув спросоння – Яків! Вигадає ж таке: дивитися впритул на сплячого. Ото розваги!

– Якове, що ти тут робиш?

– Ти мене, Стасе, настрашив... – дорікнуло кошеня. – Чуєш, як серце б'ється з ляку?

– Це ти мене налякав, малюче. Що за вигадки? Розплющую очі – а тут ти, ніс до носа.

– Я прислухався, чи ти дихаєш.

– Чого б я мав не дихати?

– Бо не прокидаєшся.

– Гаразд. Прокинувся.

Стас протер очі, роззирнувся. Сонце зазирає у вікно, пускає на долівку сонячні зайчики. Справді вже ранок, пора вставати.

– Кажи, що хочеш, Якове.

– Маю запитання. Чому ти нам приніс тоді саме липові дощечки?

– Бо попросив у знайомого будь-які. Той дав, що мав. Міг інші дати, яблуневі там чи грушеві. Але мав липові. А що таке, Якове? Чому запитуєш?

– А чому саме вісім?

– Чому-чому. Дай пригадаю. Бо так вийшло. Спочатку – пам'ятаєш? – я приніс вам дряпачку, одну на всіх. А потім на кожен гурт по дощечці – вас тридцять шість і шість, загалом сім котячих компаній. Плюс одна спільна на всіх. Вісім. Якове, ти ж умієш рахувати.

– То це випадково?

– Ну так.

– Наступне запитання. А що ти, Стасе, знаєш про таємницю вісьмох липових дощечок?

– Фільм такий? Чи книжка?

– Це таємниця, Стасе. Що тобі про неї відомо?

– Слухай, ти наче слідчий. Слідчий з особливо важливих справ. Допит мені влаштував. Яка ще таємниця?

– Таємниця вісьмох липових дощечок!

– Уперше чую. Ви знову щось вигадали?

– Все ясно, – відказав тоді Яків. – Вставай, Стасе. Наші дощечки вкрав один дядько.

– Звідки така інформація?

– Ми здогадалися.

– Малюче, ніколи не будуй своїх висновків на здогадках. Особливо не будуй на здогадках серйозних обвинувачень.

– А на котячій інтуїції?

– Годі сперечатися! Посунься.

І поки Стас збирався, поки чистив зуби та пив ранкову каву, Яків та решта кошенят часу не марнували – стрибали по кімнаті, намагаючись упіймати сонячного зайчика, але не впіймали.

За годину біля веранди кав'ярні Стас випустив малих із машини. За ними із салону неспішно вибралися жоржинки.

– Банджорно, бамбіні! – привітав їх Ля Сосис.

– Що в перекладі з італійської, мабуть, означає: а де булочки? – докинув Хавчик.

Жоржинки раз на три дні поверталися на свій острів Сардинію, на своє підвіконня, у комфортні умови. У затишне помешкання пані Крепової. Іноді до них приєднувалась і Баронеса, на яку пані Крепова чекала щодня. Коти такими вечорами гукали кішечкам услід: «Знову на свою Мойвинію повертаєтесь? Ой, ні, як вона називається, браття? Хекія! Чи то Тюлькія! Кількія!». «Ні, – з гідністю давали відкоша жоржинки. – Ми до себе, на острів Сардинію». Й облизувалися від такої смачної назви.

У дні пошуків картин мало хто ночував у пані Крепової. Залишалися до ранку там, де застала темрява: під кущами, під

лавками, під балконами, на горищах і дахах, де завгодно. Де-
хто, якщо був поблизу, повертався «на базу», тобто на веран-
ду. Малюків мало не щовечора Стас забирав додому. Пані Кре-
пова зустрічала їх чимось смачненьким, домашнім, а зранку
пакувала для решти кошик зі смаколиками.

Цей ранок, коли малюки і жоржинки повернулися на ве-
ранду, видався особливим.

– У нас сенсація! – повідомив Рудий. – Ми бачили свої до-
щечки! Ми їх знайшли! Всі вісім! На останньому поверсі п'яти-
поверхівки.

Собаки котів не надурили – простежили, де живе той Гу-
гура, й показали котам вікна його квартири. А далі, сказали,
нас не обходить.

Коти вибралися на дах будинку навпроти – мовчки дивилися, як той Гугура переставляє їхні дощечки. І так, і сяк пересуває їх, наче намагається зібрати дерев'яний конструктор. А його кіт і пес сидять поруч. Страшненький такий кіт і вайлуватий пес-лінько. Ось хто викрав їхні дощечки – ця парочка, кіт із псом. Їхні сліди залишилися під вікном кав'ярні тієї ночі, коли сталася пожежа.

– Це ще довести треба! – гмикнув Стас, почувши новину.

– Стасе, – загули коти, – тут пахне таємницею вісьмох липових дощечок! Ми дедалі ближче й ближче до її розгадки.

– Яка ще таємниця!

– Широковідома таємниця!

– Широковідома у вузьких котячих колах, – усміхнувся Стас.

– Ще й у собачих, – уточнив Кутузов.

– А ви в людей запитайте, чи хтось із них чув про цю вашу таємницю. Олесю, ти чув?

Олесь визирнув із-за дверей, на обличчі – розсипи веснянок і дрібних цяточок від білої фарби. Хитнув головою: ні, не чув, повертайся, Стасе, до роботи! Годі відволікатися!

А Стасові кортить довести своє, він телефонує пані Креповій, запитує про таємницю, мовчки похитує головою й задоволено гмикає:

– Вона вперше чує! Їй теж про це нічого невідомо. А от і Лариса! Запитайте в неї. Ну ж бо, запитайте!

Лариса саме під'їхала до веранди на своєму велосипеді, зістрибнула з нього: про що йдеться? Що запитайте?

– Тут мої друзі цікавляться, – сам і запитує Стас, – чи ти щось, бува, не чула про таємницю вісьмох липових дощечок...

Лариса стала як вкопана, зелені очі розчахнула.

– А ви як про це взнали?

Стасові аж мову відняло. Але швидко оговтався:

– Як?! Існує така таємниця?

– Звісно. Але звідки ви про неї знаєте?

Яків переможно глянув на Стаса: а бачиш?

Для вразливого Беркиця це вже було занадто. Він із того всього закотив очі під лоба й поточився: ось-ось впаде. Жоржинки кинулися обмахувати його хвостами. Решта котів присунулися до Лариси, загули всі одночасно, а потім замовкли: говори, Коментаторе.

І Чорний кіт усе докладно пояснив.

Лариса вислухала його, почухала кінчик носа.

– Тримайте тепер Стаса, – примружила зелені очі, – обмахуйте його хвостами. Бо ці дощечки зараз у мене. Всі вісім.

– Нічого не розумію, – розвів руками Стас.

Настала Ларисина черга розповідати.

Це сталося, коли вона була маленькою дівчинкою. Мала вісім років. Її дідусь, науковець, повернувся з останньої своєї дослідницької експедиції в чудовому настрої. Сказав, обійнявши онучку: «Здається, я знайшов нарешті справжній скарб. Щоправда, – докинув, – треба ще перевірити, але я майже не

маю сумніву – він саме там, а не деінде». «Цей скарб, – сказав дідусь уже за вечерею, – має потрапити в добрі руки». А потім вони грали вдвох у свою улюблену гру – надсилали одне одному таємничі послання, передавали зашифровані листи. Зазвичай писали їх крейдою на дощечках, олівцями на папері, патичками на землі... Де завгодно, чим завгодно. А того вечора дідусь зашифрував для онуки інформацію про знайдений скарб на вісьмох дощечках зі старого паркету – його вже збиралися викидати, а він знадобився для гри.

Ларисі не вдалося розгадати таємниці липових дощечок, хоч дідусь залишив їй лист-підказку – таким було правило гри. Лариса підказки не знайшла. А за кілька днів дідуся не стало... Серцевий напад... Урятувати його не вдалося.

Таємниця вісьмох липових дощечок залишилася таємницею. Лист зник. Можливо, він був серед дідусевих паперів, що їх віддали на кафедру в університет. Але таємниця вісьмох липових дощечок таки є. Дивно, що про неї знає ще хтось.

– А ті вісім дощечок – де вони є?

– У підвалі. У мене вдома.

Оце так маєш! То жодної дощечки, а то відразу всі. Дряпопис – у Гугури, а справжні дощечки з таємницею – в Лариси. Там вісім і там вісім. Буває ж таке!

Стас уважно поглянув на котів, потім на Ларису:

– Розігруєте мене?

– Та яке! – загули усі. – Чиста правда!

І Стас замислився. Який уже тут ремонт! Не відкладати ж важливих речей на потім. Треба йти з Ларисою у підвал.

– Тримайся, Олесю! – зазирнув до дверей кав'ярні. – Я скоро.

А коти:

– Ми з вами! Це ж спільна справа! Візьміть і нас!

– Ларисо! – благально склав лапи на грудях Ковбасюк. – Ларисо!

Хіба могла вона відмовити триколірному котові?

Стас глипнув на Ларису, та почухала кінчик носа, посмикала себе за косу і ствердно хитнула головою.

– Гаразд, – погодився Стас, – кількох візьмемо. А решта тут чекайте. І навіть не думайте до Гугури пхатися! Знаю я вас! Потім проблем не оберемося.

Кутузов наполягав, щоб у підвал ішли підвальні коти. Підвальні – у підвал. Хіба не логічно? А решта почекають на вулиці. Під балконом, скажімо, чи в сусідній брамі. Але його пропозиції не прийняли. По представникові від кожного гурту, вирішили, так буде правильно. В хорошому товаристві все має бути справедливо. І взяли від підвальних Бубуляка.

Хавчики висунули Ковбасюка, він сам хотів. Кольорові – Рудого. Від жоржинок пішла, повагавшись, Іветта. Танцюристи відправили Робокопа. Від котів із сусідньої брами напросився вразливий Беркиць, пообіцяв тримати себе в лапах за будь-яких обставин. Треба ж нарешті навчитися рішучості. Навіть малюка були змушені прихопити. Клаповуха. Бо той голосно репетував: «Дискримінація! Утиски за віковою ознакою!». Що було робити з горлопаном? Хай уже йде, як такий розумний.

А поки всі збиралися, Кутузов розмірковував щодо Стасової заборони. Не можна, бач, іти до Гугури! Не можна викрадати викрадене. Нічого не можна. «Напишемо заяву в поліцію, –

пообіцяв Стас, – там розберуться, що й до чого! Без само-
діяльності, чули?»

Та й справді, мізкував Кутузов, не стукати ж у двері до зло-
дія: вибачте за непроханий візит, перепрошуємо, чи не мог-
ли б ви нам повернути поцуплені до-
щечки?!

– Я зараз, – кахикнув Куту-
зов. – Згадав, де забув одну річ.

А сам – мерщій до ветлікаря.

– Здрасьті!

– О, кіт-детектив! Вітаю, друже!

– Мона від вас подзвонити? Конфіденційна розмова! Тобто таємна...

– Розумію... – прошепотів ветеринар. – Ось телефон, – і вийшов.

Кутузов набрав номер мобілки Баронеси:

– Баронесо, це я. Є можливість сьоні повернути наші картини. Хочу запитати дозволу. Дай трубку Стасові.

Почекав кілька секунд, почув голос хлопця і безтурботно мовив:

– Стасе, я навпроти, у ветлікаря. І тут народ цікавиться, чи до осені відкриється кав'ярня.

– Так.

– Шо-шо? Не почув.

– Кажу ж: так!

– Дякую. Дай ще Баронесі на два слова.

І до лисої кішки:

– Чула? Всі чули? Стас дав добро.

РОЗДІЛ 13

Кутузов прибіг, коли Стасів автомобіль із Ларисою та кількома котами в салоні вже від'їхав.

– Не встиг! – скрушно хитнув головою. – То що, гайда до Гугури в гості? Стас дав зелене світло, ви ж чули. Хто зі мною?

Зголосився Голота. Потім Шпондермен, і ще Сордель, Вертун і Степко.

– Хвате, хвате! – стримав решту Кутузов. – Більше не нада.

Знайшли довгу мотузку і скатертину, міцну, лляну. Згодиться.

Успіх операції залежав від ретельно розробленого плану і блискавичного втілення його в життя. План такий: Степко на дереві, на спостережному пункті, пильнує, щоб ніхто не йшов. Вертун на даху відповідає за надійність вузла на мотузці, що нею Кутузов із Голотою спускаються до Гугуриного вікна. Потім Вертун відв'язує мотузку. Шпондермен і Сордель чекають зі згорнутою скатертиною внизу. Головні ролі – у Кутузова та Голоти. Через кватирку вони проникають у помешкання, піднімають картини на підвіконня й скидають їх донизу. Шпондермен і Сордель, а також Степко і Вертун, які вже повернулися зі своїх постів, стоять внизу, розтягнувши скатертину за кутики, ловлять у неї всі вісім дощечок, одну по одній. А потім – і Кутузова з Голотою.

Чудовий план. Усе просто. Лишилося втілити його в життя.

Увага! Всі на місцях. Степко на дереві. Вертун, Кутузов і Голота на даху. Шпондермен і Сордель у кущах. Сигнал від Степка: нема нікого! Почали!

Голота спускається з даху по мотузці, за ним Кутузов. Смик-смик за мотузку – це сигнал для Вертуна: відчіплюй. Мотузка змією летить у траву. Перший етап пройдено.

Наче якісь тіні промайнули – Кутузов із Голотою прослизнули у прочинену кватирку. Ось кімната, де Гугура роздивлявся їхні картини. А де ж картини? Невже Гугура їх кудись відніс?

З передпокою лине псяче похропування. Кіт, мабуть, теж десь спить. Непрохані візитери нишпорять по всій кімнаті: під ліжком, на поличках, на столі. Ніде нічого. Що за ящик на підлозі?

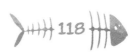

Зазирають досередини і мовчки зводять праві передні лапки у переможному жесті: знайшли! Тягнуть першу дощечку на підвіконня, намагаючись робити це тихо. Приймайте першу ластівку! Дощечка летить на середину розтягнутої скатертини. Ще й підстрибує, немов на батуті.

Продуманий механізм повернення картин працює, мов годинник. Голота з Кутузовим носять картини, скидають донизу. Залишається остання дощечка. Але що це? На споді ящика лежить конверт із написом «Ларисі від дідуся».

Ларисі? Від дідуся?

Хропіння в передпокої припиняється. Чути розлоге протягле позіхання: кха-кха... І звук кігтів об підлогу: шкряб-шкряб, шкряб-шкряб. Суне все ближче і ближче. Голота спантеличено роззирається. Футболка на спинці крісла! На футболці

малюнок: морда злого пса, роззявлена пащека, ряди гострих зубів. Голота зирк на Кутузова. Той зрозумів. Смиконули футболку, встрибнули в неї. В отвір випхали всі лапи. А на морди натягли псячий портрет – догори дриґом.

Тієї ж миті на порозі кімнати застиг Гугурин пес. Позіхання урвалося. А восьмилапе жахіття на нього як загарчить! Пес заскавчав, підібгав хвіст. А Голота з Кутузовим дурними голосами: «Ко-то-пес!!!»

Собаку наче вітром здуло. Загуло вглибині помешкання, мабуть, якісь баняки з полиці попадали.

Коти ледве виборсалися з футболки. Конверт – хап! Останню картину – хап! І до вікна.

– Ти стрибай, а я зараз! – згадав про щось Голота і назад. Ухопив аркуш паперу, ручку, нашкрябав записку:

Залишив її в Гугури на столі.

На підвіконня! Глянув униз, а там Кутузов вже махає лапою: стрибай! Голота від підвіконня відштовхнувся і відчув серце в горлі – лише на землі оговтався. За дошки – і драла!

За рогом усі зупинилися, щоб відхекатись. А це хто на хвості? Якесь мале кошеня. Бігло останнім, очі витріщивши.

Налетіло на Сорделя, і тепер тремтить, тулиться до нього. Відсапується.

– Хто такий? Чого тут?

– А шо? Ви побігли, і я побігла. Хто там за нами гнався, га?

– Ніхто поки що! Ти хто така? Де живеш?

– У кущах. А шо?

– Чого за нами бігла?

– Налякалася, а шо... Візьміть мене з собою.

Коти відітхнули.

– Як звуть тебе, дрібното?

– Ніхто ніяк не зве. Я нічия. А шо?

– То будеш Ашонею. Нормальне ім'я? Ашоня! Тобі пасує.

– А шо... Наче нормальне.

На веранді котів – із дошками та кошеням Ашонею – зустрічали, як героїв. Тепер їх знову тридцять шість і шість. Втікачі відсапалися, перезирнулися – і зайшлися реготом. Відбулися легким переляком. Псячим!

– У тебе кульчик розстебнувся! – тицьнув лапою Кутузов Голоті просто у вухо.

Той відсахнувся, поправив кульчик:

– А в тебе пов'язка сповзла.

РОЗДІЛ 14

Підвальна експедиція обережно просувалась уперед. Тьмяно світила одна-єдина лампочка і тхнуло пророслою картоплею. Дощечки довго шукати не довелося – вони лежали на стосику старих журналів. Звичайні дощечки, старі паркетини. Може, це не вони?

– Вони-вони, – запевнила Лариса, стираючи з паркетин пилюку. – Підсвітіть ліхтариком.

– А у банці що? Часом не солонина? – поцікавився Ковбасюк, принюхуючись до консервації.

– Старе солоне сало, – Лариса підхопила банку з полиці. – Полюбляєш таке? Забирай.

– Хто ж не полюбляє... – промурмотів Ковбасюк.

І кожному дісталося по дощечці, дві Стасу, а Ковбасюку – лише банка з салом, він обхопив її лапами, ніжно притиснувши до себе.

– У мене тут букву А наче випалено, – роздивився при тьмяному світлі Рудий.

– Це не випалено, – нахилився до нього Стас, – це хімічним олівцем написано. На звороті паркетини. А у вас що?

– Теж якісь літери.

– А у мене картинка.

– Гайда надвір, роздивимось як слід.

Поверталися запорошені, у павутинні. Клаповух перший, Стас останній. На виході з підвалу на малого Клаповуха наче вихор налетів. Кіт чужий! Зухвалий котисько вибив дощечку з лап кошеняти, вихопив другу в розгубленої Іветти, та лише пискнула й розтиснула лапки. А Беркиць сам випустив свою ношу, закотив очі під лоба й поточився на землю. За нього перечепився Рудий. Утворилася купа-мала – не пройдеш.

– Що там? – кричав з напівтемряви підвалу Ковбасюк. – Дайте вийти! Мало банку через вас не розбив. Добре, що вона на Беркиця впала!

А котисько тим часом дав драла. Стас вибіг, за ним Ковбасюк із Рудим – але за злодієм уже закурилося.

Втратили три дощечки.

– Бу-бу-бу-бу-бу... – пробубонів Бубуляк, чухаючи забитий бік.

– Все пропало, – махнула хвостом Іветта. Кінчики її вух тремтіли з переляку. – Тепер ми не взнаємо, що там було написано.

– А що в тебе було? На твоїй дощечці?

– У мене «Р», – схлипнула Іветта.

– А в мене нічого не було, – Клаповух покліпав очима. – Нічого. Нуль.

– А в мене був малюнок, – нявкнув Беркиць. – Лише малюнок.

Картинку він запам'ятав: дерево, жолудь і щось невиразне. Ось таке. Він намалював патичком на землі. А тоді й на папірці олівцем.

– Якась купка, – зауважив Бубуляк.

– Купка золота, я думаю, – мовив Ковбасюк.

– Ну, дізнаємося, що за купка, – погодився Бубуляк.

Переставляли в траві дощечки і так, і сяк, замість трьох втрачених прикладали три папірці: з літерою «Р», порожній папірець і папірець із малюнком.

– Я теж у дитинстві намагалася все це розшифрувати, – повідомила Лариса. – Але не змогла.

Воно й справді якась нісенітниця виходила. Дивні слова. Наприклад, ТРАГІК. Який трагік? Актор трагічного амплуа, чи що? До чого він до скарбу? Або таке слово: ГІРКАТ, якийсь гіркий кат. Або ІРКА ТГ. Хто така Ірка і що таке ТГ? Або ще такі слова: ГРІТКА, КРАГІТ, АГІТКР... Заплуталися коти в тих літерах.

– Там точно нічого не було, на твоїй дощечці? – знову запитали Клаповуха.

– Нічого. Нуль. Там був нуль.

– Нуль? Отакий бублик? Та це ж... літера «О»!

– Не знаю! – відрубав Клаповух. – Нас вчили цифр і рахувати, а не літер і читати.

– Неподобство, – пробурмотів Бубуляк. – Який недогляд! Пора вже навчити малюків читати. Рахують, наче професори математики, а буква «О» для них – це нуль і більше нічого. Де таке бачено?

– Клаповусечку! – кинулася до малого Іветта. – Наша ти радість! Погляньте, що тепер виходить з тією «О»!

Вона намалювала на чистому папері літеру «О», склала все в напис «ГОРАКІТ» і тріумфально підвела голову: бачите?

– І що? – не второпали коти.

Іветта посунула лапкою частину літер, створивши проміжок між словами.

ГОРА КІТ

Ось що воно тепер вийшло.

А поруч – малюнок: дерево, жолудь і купка.

– Гора Кіт! – вигукнув Робокоп, показав танець переможця ще й гепнувся на землю, посмикуючись, наче зламана механічна іграшка.

– Стасе, Ларисо, – запитав, лежачи на спині й дивлячись в небо, – а де та ГОРА КІТ?

– Гора Кіт? – Лариса знизала плечима.

– Гора Кіт? – перепитав Стас. – За містом. У південно-західному напрямку.

Давно не траплялося такого багатого на події дня: суцільні дивовижі. Голова йшла обертом. Оце так новини! Дряпопис повернувся до господарів – раз! Таємничі дощечки знайшлися – два! І де? У Лариси в підвалі. Ще й склалися, незважаючи на втрату, у напис «Гора Кіт». Плюс загадковий малюнок. То нічого-нічого, а то все й одразу.

– Ви повернули свої картини?!

Стас побачив на веранді котячі творіння й заходився допитуватися звідки і як, і чому коти мовчать.

– Ми ж маємо право мовчати, – нагадав йому Голота. – От ми і користуємося цим правом.

– Бо все, що ми скажемо, може бути використано проти нас, – докинув Голота.

– Як ви це зробили? – у голосі Стаса забриніли металеві нотки.

– Котопес допоміг! – махнув лапою Кутузов. – Потім розповімо. Добре, що вміємо тримати язик за зубами, інакше б той кіт, що останню розмову тут підслухав, не лише вистежив вас біля підвалу, а й попередив би Гугурячого пса. А так він нічого не знав – і ось вони, наші дошки, на веранді. Я тут ось про що подумав, – Кутузов перейшов на шепіт. – Чого ми маємо з собаками ділитися? Хто знайшов таємничі дощечки? Ми. Без усяких там псів. Виявилося, що дощечки теж кагби фактично наші.

– Не наші, а Ларисині, – промурмотіли жоржинки.

– Не мої, а мого діда, – уточнила Лариса.

– От я й кажу: яке їхнє собаче діло до наших дощечок? Обставини змінилися. Попередню угоду можна скасувати, умови договору – переглянути. Не нада нам такі сумнівні договорняки.

– Це нечесно, – нявкнув Нявчик.

Так тихо, що Кутузов вдав, що не почув.

– До того ж... – впевнено вів він, – гора називається Кіт, а не Пес. Карочі, скарб наш. І Ларисин. Ну і Стасів. Тому пропоную

зробити так: собакам нічого не кажемо, йдемо за місто до гори Кіт і відкопуємо скарб.

– А слово? – нагадали малюки. – Ми дали надійне котяче слово.

– Шото я не помню, щоб ви його давали.

– Давали! Разом з усіма. Ви сказали: собаки допоможуть нам знайти наші дощечки, ми допоможемо їм знайти ті, що шукають вони. Ви самі нас учили: слова треба дотримуватися.

– Мені це кажеться чи тільки так здається, що ви не хочете розбагаті-ти? Слово! Часом про нього можна й забути. Таке трапляється, запи-тайте в людей. Обставини зміни-лися і все таке. А пояснення знай-демо. Правда, Пушинко?

– Ні, не знайдемо, – заперечила Пушинка. – Ти мені, Кутузове, звісно, друг. Але ж сам казав, що надійне котя-че слово – це не порожні балачки.

– То що тепер, із собаками ділити-ся? – не вгавав Кутузов. – За наших скудних фінансових ресурсів? Ну й діліться, багатії нещасні! Щоб ви знали, на наш скарб претендують дев'яносто дев'ять і дев'ять собак! Діліться!

Кутузов геть розсердився, вуса в нього стали сторчма. Він форкав і трусив лапами, немов намагаючись скинути з них щось невидиме.

— Мринь-бринь! — раптом згадав Голота. — У тому ящику, де Гугура ховав наші картини, був лист.

— Що за лист? Дайте сюди.

Стас глянув — і здивовано передав Ларисі. Її пальці затремтіли. Вона відразу впізнала дідів почерк, на конверті його рукою було написано її ім'я, потім — «Від дідуся», а посередині — «Таємниця вісьмох липових дощечок». Стільки років минуло, а лист лише зараз дістався адресата. Завдяки котам. Конверт відкрили, текст уже хтось читав. Лариса пробігла очима по аркушу зі шкільного зошита.

— Їдьмо до гори Кіт, — сказала. — Ми все правильно зрозуміли.

— Але спочатку попередьмо собак, — втрутився Бубуляк. — Про нашу знахідку. Я теж, бу-бу-бу-бу, вважаю, що це наша спільна справа. Котячо-собача.

— Ой, як нерозумно! — вхопився за голову Кутузов. — Як легковажно! Який бєспрєдєл! Якщо скарб поділити на всіх котів, собак та людей, то це вже буде не скарб, а дрібні кишенькові гроші. Глядіть, щоб не пошкодували!

Підвелася Хвостуля:

– Ми, до речі, забули, нащо собакам ті дощечки. Щоб дядькові Гугурі повернути. І вони їх повернуть, щоб мати бенкет на звалищі. Невже ви думаєте, вони заради нас відмовляться від гречки?

– З м'ясними обрізками... – докинув Хавчик й ковтнув слину.

Замислилися коти, а потім вирішила: хай там як, а будь що буде. Сказати ж про знахідку треба, бо слово дали.

Призначили собакам зустріч під горою Кіт. Їхали на Стасовому автомобілі, спочатку широким шосе, потім старою асфальтовою дорогою, а далі – ґрунтовою. І ось нарешті гора Кіт, посеред поля, побіля видолинки. Обрисом справді нагадує голову кота. А он і собаки сунуть. Невеличким загоном – хвостів сорок-п'ятдесят, не більше. Попереду Черчиль та руда Уна. До старого дуба під горою прямують.

– Дуб! – ляснув себе лапою в чоло Голота. – Дерево і жолудь – це ж підказка. Дуб! Ось він. Нам – туди!

Добігли наввипередки до дуба. А далі? Де тут що шукати? Де рити?

Собаки в малюнок на дощечці вдивляються, з котами перезираються: що воно означає?

– Це не купка, – каже раптом руда Уна, – це камінь. Он той, мабуть, великий камінь на схилі гори. Це камінь намальовано.

– Під каменем варто шукати, – мугикнув Бубуляк.

– Камінь! – зраділа Лариса. – Ось що воно таке. Тепер я все-все зрозуміла. Нам треба зрушити його з місця. Чи подужаємо?

Каменюка була непідйомна, вгрузла в землю – без екскаватора не обійтися.

– Та он нас скільки! – нетерпляче затупцяв на місці Жукейро. – Самі все зробимо. Ну ж бо, разом!

Штовхають той камінь, розгойдують, а на допомогу їм спішать іще не менше як півсотні собак, а може, й більше. Навалилися всі разом. І Стас, і Лариса. Напружилися: ну ж бо взяли! Ще раз, взяли! – і зрушили каменюку.

Бульк-бульк-бульк – а з-під нього вода вихлюпується.

– Не займайте! – почули раптом віддалік. – Це моє! Моя вода! Геть! Стрілятиму!

Дивляться, а до них Гугура біжить із мисливською рушницею.

– Зрада! – гукнув Кутузов. – Собаки нас Гугурі здали!

– Брехня! – відгавкнувся Жукейро. – Чого дереш горлянку! Він сам нас вистежив. Ішов, мабуть, назирці.

– Вода! – заверещав Шпондермен, вистрибуючи на камінь. – У мене гідрофобія! Пропаду тут, пропаду!

– Не чіпайте! – Гугура стріляє вгору. – Геть звідси!

Але пізно. Сила води вже відштовхнула камінь, наче засув із дверей зняла, – і пішов у яр сперш струмок, а далі вже потік, оживив давно пересохле річище. Під велетенським каменем ховалося джерело. Такої сили, що вода заклекотіла, вихопившись на волю, – ледве встигли всі відскочити. Лише Гугура не встиг, вода збила його з ніг, потягла за собою.

– Кидай рушницю! – гукнули до нього.

Та де там! Вчепився, як воша за кожух, уже й топиться, захлинається, а рушниці не кидає. Аж винесло його на суходіл, мокрого як курку.

– Моя вода! – оговтавшись, скімлив Гугура, тримаючи рушницю на колінах. – Мій скарб!

– Ага, його вода! Вельми нівроку захцянка! – відповідав йому з горбочка Шпондермен.

– Ніц із того не буде! – погоджувався Ковбасюк. – Воду собі забрати, ич який!

– Полундра! – заволав раптом Кутузов. – Кошеня за бортом! – і блискавично вихопив з потоку обважнілий вологий клубочок шерсті.

Очі-ґудзики на рятувальника: луп-луп.

– Браття! Кутузов цуценя врятував!

– Яке цуценя? Це шо, цуценя? Справді, цуценя! Шото я нічо не пойняв...

Шум, ґвалт, сміх. А на горбочку кусає губи невтішний Гугура.

– Скільки грошей повз мене пішло! С-собаки!

Він так мріяв знайти це місце! Науковець писав про скарб своїй онуці в листі, знайденому в паперах на кафедрі. Але бракувало вісьмох липових дощечок з інформацією про місце, де заховано скарб. Де саме є та вода?

Гугура вже бачив себе власником ділянки. Золота жила! Ціле місто купувало б у нього воду. Чисту-чистісіньку! Прозору смачну коштовну. Скільки б він грошей мав! Як ота

гора Кіт! А воно все громаді міста за так дісталося. Безкоштовно. Завдяки цим хвостатим безпритульним волоцюгам! Нема в житті справедливості, ой нема та й нема, та й не буде...

ПІСЛЯМОВА

– ...за всі ці заслуги вуличних безхатьків й визнали почесними громадянами міста! І з вами сьогодні я, Коментатор-Чорний кіт...

– ...а також я, Базікало Чорний Джек! І ми нині станемо свідками грандіозного концерту з нагоди відкриття котячо-собачого Дому.

– Дому дружби, карочі! – вставляє слово й Кутузов. – Я особисто маю сумнів, що ми на одній території вживемося... Та хто зараз дослухається до голосу розуму!

Кутузов підморгує своїм єдиним оком. За ним слід у слід суне цуценя, завбільшки вже майже як Кутузов, воно теж

підморгує, копіює ходу свого рятувальника і навіть манеру тримати хвіст.

– Що про це скажеш, Джеку? – запитально дивиться на колегу Коментатор-Чорний кіт.

– Та що казати! – Базікало Чорний Джек стискає в лапі справжній мікрофон. – Свято на нашій вулиці! Велике свято для всього міста. Громада довіку буде вдячна котам та собакам за те, що вони знайшли джерело й випустили його на волю.

– У доленосному листі до своєї онучки, – вихоплює мікрофон Коментатор-Чорний кіт, – дідусь назвав джерело справжнім скарбом. Так воно і є. У тому листі були такі слова: «Сонце, вода і повітря належать усім». І нині ми з вами відкриваємо притулок, що його міська громада побудувала на знак визнання особливих котячо-собачих заслуг.

Коментатора заступає морда Чорного Джека, мікрофон опиняється у його лапах:

– Дім. Просто Дім. Так мешканці назвали притулок, зведений у рекордно короткий термін за сучасними технологіями. Раз-два і готово! Будівля з двох частин. На стінах – котячий дряпопис, принаймні на котячій половині. Надворі – майданчик, такий собі танцпол просто неба.

Мікрофон знову в кота:

– Присягаюся, ви ще ніколи не бачили стільки двоногих і чотирилапих в одному місці. Онде всі порозсідалися на пагорбі.

І справді: увесь схил у глядачах. Люди прийшли зі своїми котами й собаками. Лисий Кіт, Баронесин друг, скульптурно

застиг на каркові господині, та їй це наче й не заважає. Вона схилилася над планшетом і робить замальовки, незважаючи на те, що лисе тільце тисне на зашийок. Жабка-Сиволапка мружиться до вже осіннього сонечка, розкинувшись на колінах своєї дівчинки. Поруч бабуся дівчинки та її батьки – частуються булочками. Пані Крепова напекла їх аж три кошики. Сидить тепер разом зі своїми товаришками – всі в капелюшках – на вовняній підстилці. Баронеса між ними. «Розкрити парасольку від сонця? – турботливо хилиться до кішки пані Крепова, а потім обертається до своїх подруг: – Коли початок концерту? Хочете ще булочок? А де Стас із Ларисою, хто бачив?»

А Стас і Лариса в неї за спиною, тримаються за руки. Біля веснянкуватого Олеся вмостився кіт Рудий. А ось і давні знайомі! Гурт велосипедистів, прихильники котячих танців, паркуються при в'їзді.

Поважний пан обмахується капелюхом, шукає місце на траві й сідає на свою теку з діловими паперами. Брати-

близнюки з батьками розгортають туристичний каремат, це ті самі хлопці, які приходили на перші котячі концерти. А нещодавно були на відкритті кав'ярні після ремонту, раділи, що коти знову працюють у «36 і 6 котів».

– Мені це кажеться, чи тільки так здається, – міркує вголос Кутузов, – що все місто в одному місці зійшлося докупи?

Чотирилапі танцюристи приготували для гостей грандіозний котячо-собачий гала-концерт. У програмі – виступи професійних котів-танцюристів і сюрпризи від аматорів. Бровчик із Бровком виконали синхронний танець бровами. Його й на великому екрані демонстрували, щоб кожен міг як слід роздивитись унікальну міміку. Клаповух показав, як він рухає вухами – під інструментальний супровід Ашоні. Вона навчилася грати на власних вусах, немов на дримбі. Такі таланти приховували кошенята!

– Кр-руто!!! – голосніше за всіх дер горло підрослий Круть. Він нарешті навчився говор-рити р-р-р і за найменшої нагоди охоче це демонстрував. – Кр-руто! Бр-раво!!! Р-ррр!

– А шо… – засоромилась Ашоня, вклоняючись.

– Шарман, – муркотів Ля Сосис. – Шарман.

Був на святі й відновлений, добре знайомий глядачам, котячий «Наш танець», той самий, що в ньому задіяно всі тридцять шість і шість котів. По шестеро в семи рядах. Фантастичне шоу!

Брати Хук і Джеб виступили з новим номером «Найкращий степ-дует у регіоні». Іншого степ-дуету, щоправда, в регіоні не було, але яке це має значення, коли брати навчилися від Степка так вправно відбивати лапками чечітку.

Ковбасюк після кожного виступу валував: «Ех забава! Забава аж до рання!» Особливо після номерів, у яких сам брав участь. Грубасик Черчиль двічі – ні, тричі! – виходив на біс, виписуючи черевцем «Танець живота».

Базікало Чорний Джек врешті-решт не витримав, віддав мікрофон Коментатору-Чорному котові й станцював бойовий гопак. З найскладнішими елементами, з «повзунками» та «копняками». Коли вже публіка не тямилась від захвату, згадали про репера Сірого. Покликали його. Він не змусив себе просити двічі. Вистрибнув у центр майданчика, обвів довгим поглядом усіх-усіх-усіх, а коли запала тиша, залопотів:

ТИ-ТИ-ТИ, ТИТИТИ, ТИ-ТИ!
МАЄМ ДІМ ТЕПЕР Я І ТИ!
КОТЯЧО-СОБАЧИЙ!
ХЛОПЧАЧО-ДІВЧАЧИЙ
МАМО-ТАТАЧИЙ,
ДІДУ-БАБУСЯЧИЙ-
ГЕЙ-ГОП!

ЗМІСТ

УДК 82-3-93
В 25

Літературно-художнє видання

Галина Вдовиченко

Для молодшого та середнього шкільного віку

Художнє оформлення та макет *Наталки Гайди*

Головна редакторка *Мар'яна Савка*
Літературна редакторка *Вікторія Стах*
Художній редактор *Іван Шкоропад*
Технічний редактор *Дмитро Подолянчук*
Коректорка *Анастасія Єфремова*

Підписано до друку 23.09.2024. Формат 70×90/16
Папір офсетний. Гарнітура «Constantia»
Друк офсетний. Умовн. друк. арк. 10,53
Наклад 3000 прим. Зам. № 213/09

Свідоцтво про внесення до Державного
реєстру видавців ДК № 4708 від 09.04.2014 р.

Адреса для листування:
а/с 879, м. Львів, 79008

Книжки «Видавництва Старого Лева»
Ви можете замовити на сайті *starylev.com.ua*
📞 0(800) 501 508   ✉ spilnota@starlev.com.ua

Партнер видавництва

Надруковано у ПП «Юнісофт»
61036, м. Харків, вул. Морозова, 13-б
www.unisoft.ua
Свідоцтво ДК № 3461 від 14.04.2009 р.
UNISOFT

ISBN 978-617-679-398-4